KB005271

거인

스테판 아우스 뎀 지펜

강명순 옮김

거인

Der Riese

바다출판사

"낙인찍히지 않은 자들을 경계하라."

리히텐베르크

한국 독자들에게

언젠가 신문에서 비정상적으로 키가 큰 사람의 사진을 본 적이 있다. 마치 예전에 큰 장이 섰을 때 호객 수단으로 좌판에 특이한 사람을 세워놓았던 것처럼, 그 신문 또한 독자들의 호기심을 불러일으키기 위해 기형적인 외모를 가진 그의 모습을 지면에 소개한 것이다. 사진 속 그의 표정에는 당혹감과 극기심이 혼재되어 있었다.

하지만 실제의 그는 신체적 기형 때문에 불행할 거라는 낙인이 찍힌 자가 아니었다. 괴로움은커녕 오히려 그런 자신의 운명을 극복한 사색가이자 승리자였던 것이다. 그때 나는 그가 어떻게 자신의 신체적 고통을 오히려 행운으로 받아들이게 되었는지 탐구해보기로 결심했다. 흔히 기형적인 신체를 가진 사람들을 바라보는 일반사람들의 부당한 시선과 요구가 있기 마련이다. 그런 점에서 이에 굴복하지 않고 정신적으로 세상의 시선을 넘어서는 그들 노력의 과정을 이 소설 속에서 밝혀보고자 한다.

차례

2부

3부

4부

1부

"그래, 그래. 우리 틸만의 키는……
정말 끝도 없이 자라는구나"

대들보

학교 친구들 중 누가 맨 먼저 틸만을 '대들보'라고 부르기 시작했는지는 알 수 없다. 하지만 아이들은 마치 기다렸다는 듯 금세 재미삼아 아무 거리낌 없이 당당하게 대들보라는 별명으로 그를 불렀다. 그 별명이 틸만의 가장 두드러진 특징을 잘 나타내긴 했다. 단박에 사람들의 시선을 사로잡는 큰 키뿐만 아니라 그의 아버지의 직업까지도 넌지시 암시하고 있었기 때문이다. 틸만의 아버지는 나골츠하우젠 시에서 아주 유명한 기와장이였다.

열여섯 번째 생일날 틸만의 키는 이미 199센티미터에 이르렀다. 그의 아버지가 문틀 앞에 아들을 세워놓고 깨끗한 연필을 머리 위에 대고 문틀에 금을 그은 뒤 접는 자로 측정한 수치였다. 아들의 키를 잴 때 아버지의 표정은 관청에 제출해야 할 공식적인 서류라도 작성하는 것처럼 진지하고 엄숙했다.

그런데 더 놀라운 것은 틸만의 키가 부모로부터 물려받은 게 아니라는 사실이다. 그의 아버지 신장은 독일남자의 평균키에도 못 미쳤다. 뿐만 아니라 땅딸막한 체구에 목도 짧고, 다부져 보이는 둥그런 어깨 때문에 실제보다 더 작아 보였다. 어머니 쪽도 사정은 비슷했다. 아니, 땅딸막한 체구와 짧은 목은 오히려 어머니 쪽이 더 심했다. 그러니 부모님 사이에 틸만이 서 있는 모습을 보면 사람들 입에서 "대체 유전법칙이 이렇게 들어맞지 않을 수도 있는 거야?" 하는 질문이 저절로 튀어나왔다. 틸만에게는 세 살 많은 누나가 있는데, 그녀의 신장과 체격은 딱 어머니와 아버지의 평균이었다. 그래서 그녀를 보면 자연은 제멋대로 움직이는 게 아니라 항상 어떤 법칙에 따라, 혹은 일정한 궤도를 따라 움직인다는 사실을 확인한 듯해서 왠지 마음이 놓였다.

틸만의 어머니는 마음씨가 착한 여자였다. 그녀는 지붕에 기와 이는 일을 하는 남편을 도와 사무실에서 전화 받는 일을 했다. 그녀는 혼자만의 사색에 빠져 있는 아들을 힐끔거리며 하루에도 열두 번씩 혼잣말을 하곤 했다.

"그래, 그래. 우리 틸만은 정말 하늘 높은 줄 모르고 자라는구나."

이 말 속에는 그녀가 느끼는 세 가지 감정이 뒤섞여 있었다. 첫 번째 감정은 엄마로서의 자부심으로, 마치 남자의 표본처럼 늠름하게 커가는 아들에 대한 소박하고 순진한 기쁨이다. 두 번째 감정은 만족감이다. 아들이 뵐칭거 가문 사람들의 특징인 땅딸막하고 통통한 체형을 물려받지 않은 것은 물론이고, 진심으로 사랑하기는 하지만 내심 마음에 차지 않았던 남편의 키를 훌쩍 뛰어넘을 정도로 잘 크고 있는 데 대한 뿌듯함 말이다. 마지막 감정은 불길함이다. 그럼에도 불구하고 마음 한구석에서 왠지 뭔가가 잘못되고 있는 것 같은 의구심이 스멀스멀 피어오르기 시작한 것이다. 언제부터인가 자꾸 가슴에 커다란 돌덩이가 하나 얹혀 있는 것처럼 마음이 답답했다. 겨우 열다섯 살 나이에 벌써 성인의 키를 훌쩍 넘긴 아들의 인생이 늘 평탄할 수만은 없을 것 같은 불길한 예감이 자꾸 밀려왔다.

틸만은 다정다감한 성격의 아주 평범한 소년이었다. 유치원 때부터 친구들과 잘 어울려 놀았고, 생일파티에서 늘 환영받는 초대 손님이었다. 부모님한테도 틸만은 착한 아들이었다. 열다섯 살 사춘기 시절에도 말 잘 듣는 순종적인 아들이었으며, 부모님의 기분을 상하게 할 만한 일은 애당초 알아서 피했다. 언젠가 딱 한 번, 또래 아이들이 늘 그렇듯이 흥분해서 자기도 모르게 부모님한테 대든 적이 있었는데 곧바로 자기 잘못에 대해 반성하던 그였다. 게다가 그걸 보상하기 위해 한동안 더더욱 다정한 아들이 되었다.

체형의 차이만 빼면 틸만은 대체로 부모님의 버릇들을 고스란히 물려받았다. 하품할 때 기분 좋게 몸을 부르르 떨고 눈은 질끈 감은 채 입을 벌려 목구멍에서 계속 고르릉고르릉 소리를 내는 것, 식사할 때 손에 수저를 든 채 자꾸 입술을 핥거나 손톱으로 이빨 사이를 쑤시는 것, 감기에 걸렸을 때 온몸을 흔들면서 주위에 있던 사람들이 화들짝 놀라 달아나게 만들 만큼 커다란 소리로 재채기하는 것 등이 다 부모님한테서 물려받은 버릇들이다.

틸만이 어렸을 적에 그의 집에서 친척들이 모여 식사를 한 적이 있었다. 틸만은 부모님을 닮은 여러 친척 어른들 사이에 끼어 식탁에 앉아 있었다. 그때 그의 손가락 사이에 들려 있던 작고 굵은 소시지 하나가 미끄러져 식탁 위에 놓인 접시와 찻잔들 사이를 굴러 바닥으로 떨어졌다. 소시지를 포기하고 싶지 않았던 틸만은 곧바로 의자에서 내려와 손님들 다리 사이로 기어들어갔다. 그리고 한참 뒤 식탁보 밑에서 고개를 치켜들면서 자랑스럽게 큰 소리로 외쳤다.

"찾았어요! 소시지가 엄마 발 옆에 있었어요!"

그러고는 뿌듯한 얼굴로 소시지를 한 입 덥석 물었다. 식탁에 앉아 있던 사람들 전부 그 모습을 보고 웃었다. 심지어 숙모들 두어 명은 칭찬하기 위해 팔을 쭉 뻗어 틸만의 머리를 쓰다듬어 주었다. 틸만의 아버지는 감격에 겨운 표정으로 커다란 맥주잔을 허공으로 높이 치켜들며 크게 외쳤다. "뵐칭거 가문의 피를 물려받은 게 틀림없군." 그 자리에 있던 사람들 전부 공감하는 말이었다.

하지만 본인도 자각하지 못했을 뿐 아니라 일부러 그런 것도 아니지만 틸만이 뵐칭거 가문의 사람답지 않은 모습을 보일 때가 종종 있었다. 과묵하다는 말로는 부족할 정도로 입을 잘 떼지 않는다는 점이다. 생각을 밖으로 표현하는 대신 마치 엄청난 보물이라도 되는 양 생각을 혼자 마음속으로만 간직했다. 그리고 조용히 사색에 잠겨 내면의 목소리에 귀를 기울였다. 그럴 때 보면 틸만의 담청색 눈동자는 마치 베일에 가려진 것처럼 눈빛이 더욱 그윽해졌고, 뵐칭거 가족 그 누구한테서도 볼 수 없는 섬세한 표정이 얼굴에 떠올랐다. 뭔가 할 말이 있는 게 분명한 표정, 그것도 아주 좋은 말이…… 하지만 틸만의 입은 절대 열리지 않았다.

어릴 적부터 그랬다. 틸만은 시끌벅적한 생일파티에 가서도 어느 순간 고요하게 부동자세를 취하고 시선을 허공에 고정시킨 채 내면에 귀를 기울이곤 했다. 그러고 있노라면 어느 순간 시끌시끌하던 주변의 소음이 서서히 가라앉고 고요 속에서 내면의 소리가 들려왔다. 세상에 이보다 더 안전한 곳은 없으니 안심하라는 목소리. 그때부터 그 누구의 눈에도 안 보이는 이 피난처를 늘 마음속에 지니고 다녔고, 어딘가로 숨고 싶은 기분이 들 때면 그곳으로 도망쳤다. 훗날 집요하고 뻔뻔하게 그를 추적하는 세상으로부터 달아나고 싶었을 때 이 피난처는 그에게 아주 소중한 자산임이 입증되었다.

가족이나 일가친척들과 함께 식사할 때면 틸만은 지나칠 만큼 깍듯하게 격식을 차린 말투로 사람들을 당황케 했다. "어머니, 거기 있는 버터 좀 건네주시겠어요? 고맙습니다" 같은 공손한 표현은 뵐칭거 가문 사람들의 입에서는 절대 나올 수 없는 말이었다. 혹시 외부인이 그런 광경을 목격했다면, 특히 틸만이 아버지한테 그런 식의 공손한 말투를 사용했다면 어리둥절했을 것이다. 그의 아버지는 평소 입이 걸기로 소문난 사람으로, 격식을 갖춰서 말하는 것을 위선이자 겉치레라고 생각하는 사람이었다. 지붕에 올라가 기마자세로 뭔가를 수리할 때 망치나 드라이버가 필요하면 도제를 향해 손짓만 하면 되듯이, 식탁에서 버터가 필요하면 그냥 손가락으로 가리키면 되지 굳이 입을 뗄 필요가 뭐란 말인가.

털만은 음악을 사랑했다. 어렸을 적부터 과묵하게 내면과의 대화에만 빠져 아무도 이해할 수 없는 침묵의 언어로 자꾸 도망치곤 했다. 그런 상황에 어느 정도 균형을 맞출 필요가 있다는 것을 본인도 알고 있었기에, 그 일환으로 나직한 목소리로 노래를 흥얼거리곤 했다.

또한 어린 시절 부모님이 그에게 레코드 플레이어를 선물로 사다줬는데, 그때부터 용돈을 받으면 과자 같은 군것질거리가 아닌 음반을 구입하는 데 전부 사용했다. 그가 사 모은 음반들이 단순히 대중음악에만 국한되지 않는 것을 보고 부모님도 깜짝 놀랄 정도였다. 물론 용돈이 그리 풍족하지 않아서 음반을 모으는 데에 시간이 꽤 걸렸다. 용돈을 올려달라는 말을 해봤지만 부모님은 고개를 내저었다. 그 돈이 얼마나 쓸데없는 곳에 쓰일지 잘 알고 있었기 때문이다.

사슬

틸만의 아버지는 뼛속까지 기와장이였다. 그는 부친으로부터 '뵐칭거와 아들들'이라는 지붕공사 업체를 물려받았는데, 그 부친도 그의 아버지로부터 지붕공사 일을 물려받았고, 그 아버지 역시 조상에게서 그 일을 가업으로 물려받은 것이었다. 그러니 틸만의 아버지가 자신의 아들에 대해 절대 끊어질 수 없는 튼튼한 쇠사슬을 이루고 있는 하나의 고리로 인식하는 것은 지당한 일이었다. 비록 커다란 성공을 거두었다고 말할 수는 없지만 그의 사업은 그런 대로 기반이 탄탄했다. 지붕공사 일이라는 게 일확천금을 가져다주지는 않지만 부침이 별로 없는 건실한 사업이었다. 그의 아버지 대에서도 그랬고, 할아버지

대에서도 그랬으며, 한참 거슬러 올라간 조상님들 시대에서도 마찬가지였다.

뵐칭거 가문의 후손들은 일단 가업을 물려받으면 초창기에 내심 자기 대에서 사업체를 한번 번듯하게 키워보고 싶은 야망을 품고 나름대로 애를 썼다. 하지만 어느 시점이 되면 그 바람을 이루기에는 아무래도 역부족임을 깨닫고 못다 한 꿈을 다음 세대에 넘겨야만 했다. 틸만 역시 태어나는 순간 이미 언젠가는 가업을 물려받기로 정해져 있었다. 물론 아버지가 이루지 못한 그 꿈과 함께.

틸만의 아버지는 성미가 급하고 괄괄하기로 유명했다. 말을 했다 하면 늘 명령조였고 사람을 다그치기 일쑤였다. 비단 도제들한테만 그러는 게 아니라 지인이나 친구, 심지어 가족들한테까지 그 버릇을 못 버렸다. 태어날 때부터 붉은 기가 많았던 얼굴색은 오랜 세월 동안 주로 옥외에서 작업한 탓인지 검붉은 벽돌색이 되었다. 그런 사람이 분노에 한번 휩싸일 때면 피가 전부 얼굴로 쏠리는지 진홍빛에 보라색까지 더해졌다. 게다가 땀이 많은 체질이라 아무리 추운 날씨에도 그의 인중에는 늘 땀이 송골송골 맺혀 있었다.

그가 제일 빈번히 화를 내는 대상은 바로 직원들이었다. 그의 눈에 직원들은 호시탐탐 자신의 주머니에서 돈을 뜯어낼 궁리만 하는 못된 놈들이었다. 직원에 대한 불신이 얼마나 심하면, 형편없는 표현력을 가진 그가 직원들을 "내 돈 들여 키우는 적들"이라는 멋들어진 말로 불렀겠는가. 나골츠하우젠 사람들은 길을 걷다 어디선가 분노에 찬 호통소리를 자주 듣곤 했다. 그 소리의 출처를 찾다 보면 어느 집 지붕 위에서 틸만의 아버지가 시뻘겋게 달아오른 얼굴로 두 팔을 휘저으면서 도제를 혼내고 있는 모습을 볼 때가 허다했다. 때로는 말로 호통 치는 것에 그치지 않고 가벼운 구타 내지 팔꿈치로 가슴팍이나 팔을 툭 밀치는 경우들도 있었다. 땅에 내려와서도 뭔가 마음에 안 들면 수시로 이런 모습을 보였다. 그는 제 행동이 어떤 결과를 초래할지 이성적으로 차분히 생각하고 행동을 제어할 수 있는 사람이 아니었다.

그는 아들 틸만이 언젠가 기와장이 일을 이어받을 거라고 철석같이 믿고 있었다. 거기에는 티끌만 한 의심도 없었다. 아들의 얼굴을 쳐다보거나 아들과 이야기를 나눌 때면 제 일을 물려받게 될 아들에 대한 자부심이 늘 함께했다. 어린 시절 틸만이 거실 바닥에 앉아 나무로 된 장난감으로 집이나 탑을 척척 쌓아 올릴 때면 그는 두 손을 비비면서 감격에 겨워 이렇게 외치곤 했다.

"그럼 그렇지. 기와장이의 피가 어디 가겠어."

어느 일요일 아침, 틸만의 아버지는 겨우 다섯 살 난 아들을 트럭에 태워 공사 현장에 데려갔다. 그리고는 아들을 억센 두 팔로 품에 꼭 끌어안고서 이제 막 완공된 지붕 위로 기어 올라가 대들보 위에 걸터앉았다. 아들에게 앞으로 제가 물려받게 될 일터의 모습을 보여주고 싶었던 것이다. 영문을 몰라 당황한 어린 틸만은 두 팔로 아버지의 목을 꼭 끌어안았다. 겁먹은 눈빛과 창백한 얼굴로 틸만은 온몸을 부들부들 떨면서 주위를 둘러보았다. 아버지와 자신의 엉덩이를 떠받치고 있는 대들보와 상량식을 기념해 걸어놓은 화환이 보였다. 화환에 부착된 알록달록한 리본들이 바람에 나부꼈다. 제 얼굴을 빤히 쳐다보는 틸만의 눈빛에 아버지는 몹시 흡족했다. 눈빛에서 장차 물려받게 될 가업에 대한 수줍으면서도 강렬한 열정을 본 듯했기 때문이다.

틸만은 뵐칭거 가문의 자손으로는 처음으로 김나지움(Gymnasium, 인문계 고등학교—옮긴이 주)에 진학했다. 하지만 10학년을 마쳤을 때 아버지는 미련 없이 아들을 자퇴시켰다. 기와장이한테 김나지움 졸업장은 아무 짝에도 쓸모없는 것이라고 믿었기 때문이다. 그의 생각에 아들이 졸업장을 따기 위해 기와장이 일을 배우는 것을 두 해나 더 미루는 것은 시간낭비에 불과했다. 게다가 틸만의 학교성적 역시 상위권도 아니었다.

성적에 크게 연연하지 않는 틸만은 공부는 뒷전이고 늘 명상에 빠져 있었다. 틸만의 그런 태도가 선생님들의 눈에 곱게 보일 리 만무했다. 틸만한테는 수학법칙을 이해하는 것이 세상에서 제일 어렵고 짜증나는 일이었다. 학급에서 그의 성적은 중간 정도였다. 그래서였는지 학교가 그에게 자퇴를 강요한 것도 아니지만, 김나지움을 그만두겠다고 했을 때 말리는 선생님 또한 아무도 없었다.

틸만은 아버지의 뜻에 순응했다. 언젠가 기와장이가 될 거라는 것은 태어날 때부터 이미 정해져 있던 길이었다. '빌칭거와 아들들'이라는 상호 자체가 거역할 수 없는 강력한 힘으로 그걸 요구하고 있었다. 물론 김나지움에 계속 다니는 것도 나쁘지는 않을 것이다. 하지만 지켜본 바에 의하면 그보다 더 수업에 열심히 귀를 기울이는 친구들 역시 별로 선택의 여지가 많아 보이지 않았다. 그런데다가 틸만은 장래에 대한 꿈도 전혀 갖고 있지 않다며 스스로 자신의 마음을 달랬다.

틸만은 앞으로 남은 인생을 쭉 나골츠하우젠의 지붕들 위에서 보내야 할 자신의 처지를 생각하면 가슴 한편이 답답하고 신경이 곤두섰다. 정말 다른 길은 없는 것일까? 하지만 반항하는 것은 그의 적성이 아니었다. 게다가 명확하게 밖으로 드러낼 수도 없는 그런 감정 때문에 아버지의 결정을 문제 삼는다는 것은 있을 수도 없는 일이었다. 아마 그렇게 했다가는 집안이 온통 뒤집어지는 것은 물론이고 엄청난 파문이 일어날 것이라는 사실은 불 보듯 뻔했다.

프란치

틸만은 열일곱 번째 생일날 키가 무려 208센티미터에 이르렀다. 아버지가 접는 자로 측정한 수치였다. 예전의 생일 때와는 달리 그날 아버지는 접는 자로 두 번씩이나 아들의 키를 확인했다. 이제 아버지의 얼굴에는 늘 자리 잡고 있던 뿌듯함과 자랑스러움 대신 근심 걱정이 가득했다. "기와장이한테 큰 키는 좋을 게 하나도 없는데……"라고 그가 혼잣말로 나직이 중얼거렸다.

아버지는 문틀로는 부족해 그 위쪽으로 한 뼘 정도 더 올라간 곳에 금을 그으면서 거친 숨을 내쉬었고, 그것은 곧 신음소리로 이어졌다. 그리고 늘 공식적인 측정이라도 하는 것처럼 늘 반듯하게 일자로 그리던 선 대신에 간단히 작은 십자표시를 하는 것으로 측정을 끝냈다. 십자표시가 어찌나 흐릿한지 벽지의 선명한 무늬에 묻혀서 거의 보이지도 않을 정도였다.

"이제 겨우 열일곱 살인데, 우리 아들 벌써 완전히 자랐네!"

한동안 고개를 주억거린 뒤 익숙한 손놀림으로 자를 탁 접으며 아버지는 그렇게 말했다. 슬픈 얼굴로 두 팔을 가슴 앞에서 교차시킨 채 문틀에 기대 서 있는 아들의 마음을 달래주려는 의도였다. 하지만 지나칠 만큼 과장된 말 속에 아들에 대한 걱정이 고스란히 담겨 있었으니, 미묘한 뉘앙스의 차이까지 알아차릴 만큼 섬세한 귀를 가진 틸만이 그 말을 듣고 어찌 마음을 진정시킬 수 있었겠는가.

틸만은 고향 소도시의 지붕들 위에서 정식으로 기와장이 일을 배우기 시작했다. 하루빨리 일을 제대로 배워서 아버지의 기대를 충족시켜 드리고 싶은 마음에 열과 성을 다했다. 하지만 안타깝게도 그런 쪽으로는 별로 재능이 없다는 사실이 금세 드러났다. 그는 부족한 재능을 의지와 노력으로 메우기 위해 애썼다. 다행히 아버지를 닮아서 그런지 높은 곳에 올라가도 현기증을 느끼지는 않았다. 유전법칙이 틸만한테도 적용된다는 사실이 입증된 셈이다. 며칠이 지나자 제 자신도 놀랄 만큼 높은 곳에서도 자유자재로 몸을 움직일 수 있게 되었다.

털만은 아버지의 도제들과도 원만하게 지내려고 애썼고, 늘 그들에게 공손한 태도를 취했다. 그건 전혀 어려울 게 없었다. 하지만 필요 이상으로 그 사람들과 어울리지는 않았다. 아버지 밑에서 일하는 사람은 전부 셋이었다. 이미 중년에 접어든 나이에 콧수염을 기르고 골격이 다부진 거친 사내들이었다. 봄부터 가을까지는 날씨가 허락하는 한 그들은 웃옷을 전부 벗고 일하는 게 습관이었다. 또 기분 내키면 한낮에도 시도 때도 없이 맥주를 마시곤 했다. 휴식시간에는 벌거벗은 몸 그대로 벌렁 드러누워서 맥주병을 손에 들고 빙빙 돌려댔다. 그러면서 간밤에 있었던 여자들과의 잠자리 이야기를 시시콜콜하게 나누면서 낄낄거렸다.

털만과 그들은 공감대를 형성할 만한 공통의 관심사가 전혀 없었다. 게다가 털만이 툭하면 사람을 팔꿈치로 툭툭 건드리는 주인의 아들이라는 사실이 그들의 머릿속에서 단 한순간도 떠나지 않았다. 공사현장에서는 웬만하면 듣기 힘든 털만의 격식 차린 공손한 말투 역시 잘난 척한다는 오해와 함께 오히려 반감만 살 뿐이었다.

아버지한테서 받는 적은 월급으로 털만은 시 외곽, 넥카 강변에 작은 임대아파트를 얻어 집에서 독립했다. 그 집에 들어가면서 보통 사이즈보다 길이가 더 긴 특별 사이즈의 침대를 맞췄다. 꽤 오래 전부터 작은 침대에서 무릎을 굽힌 상태로 잠을 자야 했기 때문에 더 이상 미룰 수 없는 일이었다. 피아노도 한 대 장만했다. 늘 피아노를 연주하고 싶은 소망을 갖고 있었지만 부모님의 집에서는 불가능한 일이었다. 피아노를 사달라는 말은 입도 벙긋할 수 없었다. 언젠가 아버지가 악기처럼 쓸모없는 것에 돈을 쓰는 것은 낭비라고 말했기 때문이다. 물론 중고 피아노였다. 군데군데 검은 칠이 떨어져나갔고, 소리는 마치 커다란 통에서 울려나오는 것처럼 둔탁했다.

틸만은 나골츠하우젠에서 제일 실력이 뛰어난 선생님으로부터 피아노를 배우러 다녔다. 그는 음악에 제법 재능을 보였다. 연주 실력이 하루가 다르게 쑥쑥 늘었고, 건반을 터치하는 손가락의 움직임이 아주 섬세했다. 처음 며칠간만 약간 헤맸을 뿐, 어설픈 연주를 하던 중에 마치 선물처럼 저절로 섬세한 터치가 이루어졌다. 선생님이 교정으로 바로잡아줄 필요도 없었고, 혹시라도 잘못된 지적을 했다 해도 이로 인해 잘못되지 않을 만큼 타고난 재능을 가졌다.

그가 프란치를 만난 것은 누군가의 생일파티에서였다. 틸만은 그녀를 보는 순간 첫눈에 반했다. 프란치는 약간 들창코라 아주 세련된 미인이라고는 할 수 없지만, 표정이 매우 밝은 데다가 금발머리였다. 그녀는 자꾸만 얼굴로 쏟아져 내려 코만

남기고 얼굴 전체를 커튼처럼 가려버리는 머리카락을 아주 경쾌한 손놀림으로 귀 뒤로 쓸어 넘겼는데, 그 동작이 유난히 사람들의 이목을 끌었다.

프란치는 키가 작았다. 160센티미터를 겨우 넘을락 말락 했다. 호리호리하고 날씬한 체격으로 거의 소년 같은 분위기를 풍겼다. 틸만 옆에 서 있으면 그녀의 이마가 틸만의 가슴팍이 시작되는 지점에 겨우 닿았다. 틸만이 위에서 그녀의 어깨 위로 팔을 두르면 그녀는 아주 편하게 제 머리를 그의 팔꿈치에 기대곤 했다. 그녀는 그 자세를 아주 좋아했다. 미소 띤 얼굴로 스스로 밝혔듯이 "키 큰 남자"가 그녀의 이상형이었기 때문이다. "키는 크면 클수록 좋아!"

그녀는 틸만과 같이 거리를 걸어가면 이 엄청난 키 차이를 보이는 한 쌍의 커플에 지나가던 행인들의 시선이 주목되는 것에 몹시 뿌듯해했다. 틸만과 프란치는 두 번째 만남에서 벌써 키스를 했다. 기대했던 것만큼 황홀한 키스는 아니었지만 틸만은 그런 대로 만족했다.

프란치는 나골츠하우젠에서 거의 모르는 사람이 없을 만큼 사교성이 좋았다. 그래서 늘 이런저런 파티에 초대 받았다. 그녀에게 파티에 가는 일은 가장 중요한 일과였다. 처음에 틸만은 주말만이 아니라 평일에도 늘 어딘가에서 각종 파티가 열리고 있다는 사실에 몹시 놀랐다. 프란치는 거의 대부분의 파티에 초대 받았고, 특별한 일이 없는 한 파티에 참석해 분위기메이커의 역할을 수행했다. 어디를 가든 프란치는 늘 틸만을 이렇게 소개했다.

"이쪽은 내 키다리 남자친구!"

틸만을 소개할 때 프란치는 만면에 미소를 지으면서 마치 허공을 올려다보는 것처럼 고개를 살짝 뒤로 젖히며 윙크를 했다.

몇 주 지나지 않아 틸만은 숱한 사람들과 인사를 나누었다. 하지만 다들 분위기가 엇비슷했기 때문에 이름과 얼굴을 연결시킬 수 있는 사람은 극소수에 불과했다. 틸만의 머릿속에서 그 사람들은 육체와 얼굴이 마구 뒤섞여 하나의 커다란 덩어리를 이루고 있는 흐릿한 군중에 불과했다. 또한 수십 명의 사람들과 인사를 나누었지만 정작 친구라고 부를 만한 사람은 하나도 없었다.

파티에서 누군가 기쁜 표정으로 제 가까이 다가오면 틸만은 '저 사람을 전에 어디서 만났더라?' 하며 기억을 떠올리려 애썼고, 아무 기억도 떠오르지 않을 때면 몹시 당혹스러웠다. 그럴 때 프란치가 "이쪽은 내 키다리 남자친구!"라고 소리치면서 장난치듯 두 눈을 껌뻑이면 차라리 마음이 홀가분했다. 그건 그가 앞에 다가오는 사람에 대한 기억을 잃어버린 것이 아니라 지금 처음 만났다는 뜻이었기 때문이다.

파티에서 프란치가 사람들과 어울리는 모습을 지켜 본 틸만은 그녀가 꽤 단순한 여자라는 사실을 알아차렸다. 하루 온종일, 혹은 밤새도록 함께 있다가 헤어질 때면 문득 프란치로부터 의미 있는 말은 단 한 마디도 듣지 못했다는 생각이 머리를 스치곤 했다. 하지만 그럴 때마다 그냥 미소로 그 사실을 덮어버렸다. 늘 소망했던 여자친구를 이제 겨우 사귀었는데, 그런 문제로 일을 그르칠 수는 없었기 때문이다. 그래서 그는 제 마음을 정확히 들여다볼 생각을 하지 못했다. 저 역시 내세울 것 하나 없는 처지에서 프란치한테 더 큰 기대를 하는 것은 너무 오만한 짓이라는 생각도 한몫 거들었다.

그 누구도 틸만에게 그의 마음속에는 다른 사람들보다 고귀한 무언가가 있다는 사실을 가르쳐주지 않았다. 그도 그럴 것이, 어렸을 때부터 그가 살아온 환경에는 간단한 문장을 넘어서는 말주변을 가진 사람이 거의 없었다.

징병검사

틸만이 양말에 팬티만 입은 채 징병 검사실로 들어서는 순간, 눈알이 핑핑 도는 것 같은 고압축 뿔테 안경을 쓰고 의자에 몸을 푹 파묻고 있던, 젊은데 머리는 반백이 되어버린 의사가 화들짝 놀라며 눈을 동그랗게 떴다.

"오오오, 이런! 어서 오시오. 자네는 검사할 필요가 없겠어! 그러니 얼른 다시 옷을 입도록 하게."

그 순간 틸만은 거의 벌거벗다시피 한 제 몸이 부끄러웠다. 쓰고 있는 안경 때문에 더 강렬한 인상을 주는 의사의 눈길이 저를 훑어 내리고 있는 게 느껴졌기 때문이다. 비록 양말을 신고서 타일바닥에 서 있음에도 불구하고 왠지 몸이 얼어붙는 기분이었다.

"왜 저는 검사할 필요가 없는 거죠?"

"아주 간단해. 키가 너무 크거든."

의사는 구석에 놓인 작은 책상 앞에 앉은 조수에게 다 끝났다는 듯한 신호를 보냈다. 조수는 서류에 뭐라고 기록한 뒤 아주 느긋한 표정으로 자세를 바로잡고는 나이에 걸맞지 않게 불룩 튀어나온 배 위에 두 손을 얌전히 겹쳤다. 일단 할 일이 없어졌다는 사실에 몹시 흡족해하는 표정이었다.

"자네 키가 얼마나 되지?"

의사가 직접 눈으로 확인해보려는 듯 책상에서 일어나 틸만을 향해 다가오면서 물었다.

"어디 내가 한번 맞춰볼까? 210센티미터? 그보다 좀 작으려나?"

"정확히는 모릅니다. 꽤 오래 전부터 더 이상 키를 재보지 않았거든요. 아버지가 마지막으로 제 키를 쟀을 때…… 208센티미터였습니다."

"아, 그랬나! 정말 굉장하군!"

단번에 표정에 생기가 돌면서 의사가 전문가로서의 관심을 보였다. 지루하게 반복되던 일상에서 뜻밖에 아주 흥미로운 대상을 접하게 된 것이 몹시 고마운 듯했다. 의사는 엄지손가락

하나만 밖으로 내놓고 나머지 손가락은 전부 하얀 가운의 주머니에 찔러 넣은 채 천천히 틸만에게 다가오더니 그의 주위를 빙빙 돌았다. 발걸음을 옮길 때마다 신발 밑창이 바닥에 닿아 기분 나쁜 마찰음을 냈다. 방금 전 검사는 필요 없다고 했던 말이 무색하게 의사는 틸만의 신체를 매의 눈길로 꼼꼼히 살펴보았다. 검사실이 전혀 덥지 않았음에도 틸만은 이마에서 진땀이 솟았고 발은 여전히 얼어붙은 기분이었다.

침묵 속에서 계속 제 몸을 훑어보는 시선이 너무 굴욕적으로 느껴져 틸만은 무슨 말이라도 해야 할 것 같아 입을 열었다.

"검사는 이제 다 끝난 건가요?"

"물론! 검사는 끝났소."

"하지만…… 대체 이유가 뭔지 물어봐도 될까요? ……제 키가 너무 커서 그런 건가요?"

"맞아, 그거 말고 무슨 이유가 또 있겠나!"

의사는 계속 틸만의 주위를 빙빙 돌면서 뭐가 그리 흡족한지 이가 보일 정도로 크게 미소를 지으면서 조수한테 눈짓으로 신호를 보냈다. 하지만 그새 눈을 감고 있던 조수는 의사의 신호를 알아차리지 못했다.

"한번 생각해보게." 의사가 틸만에게 말했다. "자네처럼 키가 큰 사람을 군대가 받아들일 수 있겠는지. 일단 자네 키에 맞는 군복이 없으니 자네한테 맞는 군복을 따로 만들어야 하네. 아마 자네 머리에 맞는 전투모도 없을 걸세. 혹시 자네 모자 사이즈가 어떻게 되나?"

"모릅니다. 저는…… 모자가 하나도 없거든요."

"그건 당장 확인해볼 수 있네. 자, 이쪽으로 오게. 아무래도 측정을 해보는 게 좋겠군."

의사가 가운 주머니에서 줄자를 꺼낸 뒤 틸만에게 상체를 자기 쪽으로 숙이라는 신호를 보냈다. 그리고 틸만의 머리에 줄자를 둘렀다.

"아, 36센티미터. 머리는 그리 큰 편이 아니로군. 어쩌면 자네 머리에 맞는 전투모 정도는 찾을 수 있겠어."

의사가 줄자를 책상에 내려놓은 뒤 이제 다 끝났다는 제스처를 했다.

"하지만 그건 아무래도 상관없어! 머리 사이즈는 전혀 중요하지 않아. 나머지가 너무 크거든. 그걸로 군 입대 문제는 끝난 거야."

의사가 틸만의 뒤로 다가가서는 손가락 두 개로 먼저 오른쪽 어깨를, 그 다음에는 왼쪽 어깨를 톡톡 두드렸다.

"자네도 알다시피 지금은 옛날 프로이센 왕국 때와는 달라졌네. 그때만 해도 소위 말하는 '키다리 병사들'이 있었어. 혹시 그 사람들에 대해 들어봤나?"

틸만이 고개를 저었다.

"군인왕이라는 별명을 갖고 있던 프리드리히 빌헬름 1세의 친위부대였네. 일명 거인군대지. 당시에는 정말 키가 큰 사람들만 받아들였어. 적어도 키가 2미터는 돼야 했네. 유럽 전역에서 그런 사람들만 모집했어. 당시에는 키 큰 사람들이 대환영을 받았어. 그건 확실해."

의사가 엄지손가락을 틸만의 목덜미에 올려놓은 뒤 척추를 따라 쭉 미끄러뜨렸다.

"하지만 방금 말했다시피 시대가 바뀌었네. 요즘은 보통 사이즈를 선호하는 시대야. 더 이상 거인에 대한 수요는 없네. 우린 단지 남자들이 필요할 뿐이네."

의사가 손을 허리에 올려놓고 진단경을 두르고 있는 머리를 살짝 앞으로 기울인 채 다시 틸만의 주위를 한 바퀴 빙 돌았다.

"실망했나? 그 시절이었다면 자넨 군대에 입대했을까?"

틸만은 잠시 대답을 망설였다. 징병검사를 하러 와서 군인이 되고 싶은 마음은 별로 없다고 말하는 게 왠지 예의에 어긋나는 것처럼 느껴졌기 때문이다. 그렇다고 거짓말을 하는 것도 썩 내키지 않았다. 설사 그게 무해한 거짓말이라고 해도 거짓말 자체는 옳지 않은 일이었다. 또한 마치 시신 부검이라도 하듯 자신을 꼼꼼히 살피고 있는 의사의 말에 맞장구를 치고 싶지도 않았다.

"글쎄요. 실망이라…… 솔직히 말씀드리면 실망하지 않았습니다."

"이런, 나는 실망할 거라고 예상했는데!"

의사가 틸만의 오른쪽 팔을 톡톡 두드렸다. 검사를 하기 위한 동작인지, 그냥 위로차 두드려본 건지 판단하기 힘들었다.

"언젠가 자네의 큰 키가 장점이 될 날이 올 수도 있어. 그런 일이 그리 자주 일어나는 건 아니지만 말일세. 안 그런가?"

틸만은 그냥 어깨를 으쓱할 뿐이었다.

현장에서, 세상 곳곳에서 어려움을 겪다

지붕 위에서 작업하는 일은 이제 틸만에게 큰 무리였다. 징병검사 이후로도 그는 계속 성장했다. 키가 커진 만큼 신체적인 변화도 뚜렷했다. 일단 몸의 무게중심이 안전지역을 넘어 위험한 지점으로 옮겨진 듯했다. 이제껏 별로 어렵지 않았던, 높은 곳으로 올라가는 일이 위험한 행위가 되어버린 것이다. 지나치게 긴 팔다리로 균형을 잡는 것도 쉽지 않았다. 아슬아슬하게 몸이 흔들릴 때마다 평온했던 마음이 사라지고 불안감이 밀려왔다. 예전에는 아무 문제없이 편하게 했던 동작들을 하다가도 문득 이러다 지붕에서 떨어지는 게 아닐까, 하는 불안감에 손을 마구 내저으며 휘청거리는 일이 잦아졌다.

그 밖의 다른 어려움들도 찾아왔다. 그는 작업할 때 주로 튼튼한 검정색 코르덴바지를 입었는데, 이제 더는 맞는 사이즈를 구할 수 없었다. 결국 바느질솜씨가 꽤 좋은데다가 젊은 시절 한동안 방직공장에도 다녔던 어머니가 직접 그의 키에 맞는 바지를 만들어주었다. 신발도 마찬가지였다. 다른 신체부위보다 유독 성장이 더 빨랐던 그의 발을 위해 제화공이 직접 치수를 재어 신발 틀을 따로 만들어야 했다. 맞춤제작이다 보니 생각외로 비용이 많이 들었고, 아버지는 못마땅한 기색을 노골적으로 드러냈다. 또한 머리 크기에 맞는 작업모를 찾을 수 없었을 뿐만 아니라 그걸 만들어줄 수 있는 사람도 없었다. 할 수 없이 지붕 위에서 작업할 때 어머니가 만들어준 양철모자와 털모자만을 써야 했다.

점심시간에는 동료들의 잡담을 피하기 위해 그들로부터 어느 정도 떨어진 곳에 자리 잡았다. 주로 혼자서 지붕의 대들보 위에 앉아 집에서 싸가지고 온 빵을 먹으면서 조용히 먼 산을 바라보았다. 어릴 때부터 아버지는 늘 이 말을 입에 달고 살았다. "기와장이인 우린 늘 특별석에 앉아 관람하는 셈이다. 안 그러냐?" 아버지의 말을 인정해야겠다. 고된 하루일과 중에서 틸만에게는 혼자 지붕 위에서 도시의 풍경을 바라보는 이 15분의 시간이 가장 소중한 시간이었다.

나골츠하우젠은 중세시대의 특징을 고스란히 간직하고 있는 작은 도시였다. 광장을 중심으로 깨끗하게 재건된 건물들이 쭉 펼쳐져 있고, 마치 계단처럼 오르락내리락하면서 계속 이어지는 빨간 박공지붕들이 있는 구시가지는 시간의 흐름을 거역하면서 꿈결 같은 과거의 풍경을 고스란히 간직하고 있어 몹시 아름다웠다. 그리고 저 멀리에는 오로지 용도만을 생각하며 지어진 추한 현대식 건물들이 부끄러운 줄도 모르고 뻔뻔하게 자리 잡고 있는 신시가지가 펼쳐져 있었다. 지평선에는 슈바벤알프스 산맥의 후면이 아스라하게 이어지고 있는데, 하늘과 하나로 융해된 산등성이가 자욱한 안개 속에서 정교한 빗살 같은 스카이라인을 형성하고 있었다.

예전에는 이렇게 높은 곳에서 경치를 바라보고 있으면 마음이 평온해지면서 쌓인 피로가 전부 씻겨나가 다시 고된 노동을 할 수 있는 새로운 에너지를 얻곤 했다. 그런데 지금은 아름다운 풍경이 오히려 기분을 우울하게 만들고 마음속에 애써 가둬놓았던 압박감을 불러 일으켰다. 눈앞에 펼쳐진 풍경 하나하나가 자꾸만 절대 도달할 수 없는 먼 곳으로 달아나는 기분이 들었다. 그리고 어쩌면 이 높은 곳에서 다시는 밑으로 내려갈 수 없을지도 모른다는 불안감이 밀려왔다. 아니, 밑으로 내려가는 것은 자꾸 멀어져만 가는 풍경을 붙잡으려는 헛된 시도처럼 느껴졌다.

그런 생각이 들자 순식간에 고독이 그를 사로잡았다. '저 아래 꼬불꼬불한 골목길 어딘가에 프란치가 살고 있어! 오늘 일과가 끝나면 나는 곧장 그녀를 찾아가 품에 꼭 껴안을 거야.' 혼잣말로 그렇게 중얼거려 보지만 고독감은 쉽사리 가시지 않았다. 프란치 역시 언젠가는 자신을 피해 아주 먼 곳으로 사라질 거라는 예감, 제 입에서 나오는 달콤한 밀어와 다정한 손길이 그녀한테 닿지 못할 거라는 예감 때문이었다.

성년이 되었을 때 틸만은 운전면허증을 따려고 했다. 중고자동차를 한 대 사서 주말에 프란치와 함께 교외로 드라이브 가는 꿈을 꾸었다. 여건이 되면 스위스 일주를 해도 좋고, 사진을 통해서만 봤던 아름다운 이탈리아의 호수들을 찾아가볼 수도 있고…….

하지만 실망스럽게도 그 소원은 이루어지지 못했다. 현실의 벽에 부딪쳤기 때문이다. 더 정확히 말하면 나골츠하우젠의 자동차운전학원이라는 현실의 벽이었다. 그가 사는 소도시에는 네 곳의 자동차학원이 있다. 그런데 어디를 가도 그를 수강생으로 받아줄 수 없다고 했다. 접수처에 등록하러 갔을 때 곧바로 거절한 곳도 있고, 첫 번째 운전교습이 끝난 뒤에 거절한 곳도 있다. 그의 다리가 자꾸 밑에서부터 운전대를 밀어올리고,

옆에 있는 변속기어에 수시로 부딪쳤기 때문이다. 페달을 밟는 데에도 어려움이 있었다. 게다가 자동차 천장에 머리를 부딪치지 않기 위해 상체를 앞으로 푹 숙이는 바람에 머리가 위험할 정도로 앞 유리창에 바짝 붙었다.

프란치는 이런 상황이 영 못마땅했는지 틸만이 전혀 예상하지 못했던 분노를 표출했다. 아직 열여섯 살밖에 안 돼 직접 자동차를 운전할 수 없는 처지라 운전에 관한 한 전적으로 틸만에 의지해야 했기 때문이다. 자동차 운전은 그녀가 생각하는 정상적이고 쾌적한 삶의 필수요소였다. 사춘기 시절부터 그녀는 컨버터블 자동차를 타고 나골츠하우젠의 도로를 질주하면서 바람에 금발머리를 마구 흩날리고 환호성을 지르는 날을 꿈꿔왔다. 틸만의 큰 키가 처음으로 마음에 들지 않는 순간이었다. 비록 키가 큰 것이 틸만의 잘못은 아니라고 해도 그녀는 왠지 그로 인해 자신이 피해를 입고 있다는 생각이 들었고 어떤 식으로든 그걸 보상 받고 싶었다.

"커다란 자동차를 보유하고 있는 운전학원이 어딘가에 있지 않을까?"

프란치가 틸만에게 물었다.

"안타깝게도 그런 학원은 없어, 프란치. 나골츠하우젠의 운전학원들은 전부 찾아가봤어. 학원의 운전교습용 차량들은 크기가 전부 똑같아."

"슈투트가르트는 어때? 칼스루에는? 거긴 나골츠하우젠보다 큰 도시들이니까 운전학원도 더 많이 있을 테고, 어쩌면 더 큰 차량들을 보유하고 있을 수도 있잖아!"

"프란치, 내 생각에는 그럴 가능성은 별로……."

"제발 슈투트가르트에 한번 가보도록 해! 가보지도 않고 왜 그러는 거야? 무슨 수를 쓰든 방법을 찾아내란 말이야, 젠장!"

"트럭 면허를 따는 방법을 시도해볼 수는 있어. 그럼 아마 다리를 운전대 밑으로 밀어 넣기가 좀 쉬울 거야."

그건 정말 농담으로 던져본 말이었다. 하지만 그런 섬세한 뉘앙스를 알아차리기에 프란치는 이미 너무 흥분한 상태였다. 어찌나 격렬하게 머리를 흔들었던지 프란치의 머리카락이 바람에 흐트러진 것처럼 얼굴을 온통 뒤덮어버렸다.

"말도 안 돼! 나는 절대 트럭 같은 데 탈 수는 없어!"

틸만은 몹시 당황했다. 프란치에게 고통을 준 것 같아 마음이 심란했다. 하지만 자기가 무슨 잘못을 했는지, 어째서 자신이 프란치의 분노의 대상이 되었는지 자문했을 때 아무런 답도 구할 수 없었다. 처음에 프란치가 그에게 호감을 느낀 지점이 틸만의 큰 키 때문인 것은 분명했다. 그 덕분에 프란치의 마음을 단번에 사로잡았던 것이다. 그녀는 두 팔로 그의 건장한 어깨에 매달리는 것을 좋아했다. 머리를 그의 가슴팍에 대고 두 눈을 감고서 그의 심장 고동소리에 귀를 기울이는 것도 좋아했다. 그럴 때면 늘 "다른 사람들의 고동소리보다 훨씬 더 크게 울려"라며 신기해했다. 그런데 큰 키 때문에 운전면허를 딸 수 없다는 사실에 직면하자 그녀는 금세 불평을 터뜨렸다. 틸만의 큰 키가 자동차 드라이브에 대한 자신의 로망에 장애가 되는 상황을 받아들이지 못하는 것이다.

어떻게든 프란치의 마음을 풀어주고자, 또 운전면허에 대한 자기의 강렬한 의지를 입증하고자 틸만은 칼스루에에 가서 종일토록 열 군데 이상의 운전학원을 찾아다녔다. 하지만 저녁에 나골츠하우젠으로 돌아왔을 때 다시 한 번 프란치에게 실망감을 안겨줄 수밖에 없었다.

의사를 찾아가다

성장에 관한 조언을 듣고 싶어 틸만은 가족 주치의인 닥터 블룬크를 찾아갔다. 틸만이 진료실로 들어서자 의자에 앉아 있던 블룬크가 상체를 앞으로 쑥 내밀었다. 그로서는 꽤나 힘든 동작임이 분명했다. 불룩 튀어나온 배가 책상 모서리에 부딪쳤고, 그 순간 그의 입에서 새된 소리가 튀어나왔다.

"맙소사, 정말 완전 전봇대로군!"

닥터 블룬크는 선량하고 약간 붉은 기가 도는 혈색 좋은 중년남자였다. 의사가운 없이 진료실이 아닌 곳에서 만났다면 절대 의사라고 생각할 수 없는 그런 타입이었다.

"어서 오게, 틸만. 자네 아버지는 잘 계시지? 어머니는? 집에는 별일 없고?"

의자에서 다시 자세를 바로잡은 닥터 블룬크가 틸만의 가족들 안부와 근황에 대해 꼬치꼬치 캐묻기 시작했다. 다른 의사들의 경우 간단히 인사말 정도로 끝날 일이 그에게는 주된 업무인 것처럼 보였다. 그는 마치 실없는 삼촌처럼 허튼 소리들을 늘어놓더니 계속해서 틸만의 아버지와 어머니, 누나, 심지어 친척들 안부까지 물었다. 그게 끝이 아니었다. 도무지 그의 관심사일 수가 없는 사소한 일들까지 물어오는 통에 틸만은 적절한 대답을 찾아내느라 한참동안 골머리를 썩은 뒤에야 그의 호기심을 만족시킬 수 있었다. 가끔은 그냥 입에서 나오는 대로 즉흥적으로 대답하기도 했다. 그런 식의 대화가 벌써 10분을 넘겼을 때 닥터 블룬크가 갑자기 다정한 몸짓으로 책상을 톡톡 두드렸다.

"여보게, 틸만. 무슨 답답한 일이라도 있는 겐가? 나랑 가족들 이야기나 하자고 병원을 찾아오지는 않았을 테고."

"맞습니다, 선생님. 제가 선생님을 찾아온 이유는…… 다름 아니라 바로 제 키 때문입니다."

"뭐? 자네의 키 때문에 왔다고?"

"네, 제 키가 벌써 212센티미터가 됐습니다. 그래서…… 솔직히 말씀드리면 지금 걱정이 이만저만이 아닙니다."

닥터 블룬크의 눈이 휘둥그레졌다. 틸만이 자신을 찾아온 이유가 키 때문일 거라고는 짐작조차 못했던 게 분명했다.

"그렇군 그래. 자네 키가 정말 엄청 커지기는 했어. 맞는 말이야. 진짜 전봇대 저리 가라 하게 크군. 자네가 진료실에 들어서는 순간 내 눈에도 자네 키부터 보였으니까. 그럼 이제 뭘 해야 하나? 그래, 일단 키부터 측정해야겠지."

진료실 벽 앞에 금속 신장측정기가 설치돼 있었다. 그런데 그걸로 잴 수 있는 키는 최대 205센티미터까지였다. 틸만이 측정기에 등을 대고 서자 닥터 블룬크가 책상에서 커다란 자를 집어 들고 다가왔다. 그는 발판을 벽 쪽으로 밀고는 끙 하는 신음소리와 함께 발판 위로 올라섰다. 그리 작은 키가 아니었는데도 발판 위에서 까치발을 하고서 두 팔을 위로 쭉 들어 올려야만 했다. 거친 숨을 내쉬면서 그가 미간을 찌푸렸다. 아무리 애를 써도 신장측정기 위에 자를 똑바로 댈 수가 없었다.

"양쪽 발을 계속 붙이고 있게. 틸만…… 그래, 그렇게…… 와우, 자네 정말…… 212센티미터로군…… 아니, 잠깐만 기다려 보게…… 아냐, 213센티미터네…… 맞아, 정말 놀랍군!"

닥터 블룬크가 발판 위에서 바닥으로 내려섰다. 현기증이 나는지 배 멀미 때문에 난간을 붙잡는 것처럼 책상에 몸을 살짝 기댔다.

"됐네, 틸만. 자네 정말 키가 크군. 그건 확실해. 그런데 지금 몇 살이지? 열여덟 살이 넘었던가?"

"세 달 후면 열아홉 살이 됩니다."

"그렇군!"

의학적인 문제에 대해 설명할 때도 닥터 블룬크는 마치 날씨나 동네 소식 같은 일상적인 대화를 나누는 것처럼 편안하고 다정한 말투로 이야기했다. 또한 의사로서의 직분을 행할 때도 의학적인 전문지식보다는 주로 건전하고 합리적인 이성에 입각해 말하는 사람이었다. 지금이 딱 그런 상황이었다. 그는 키에 대한 틸만의 고민을 덜어주면서, 동시에 현재 상황을 제대로 알려주려면 어떻게 말해야 할까 고민했다. 당혹스럽게도 적절한 표현이 잘 떠오르지 않았다. 한참 동안 코를 만지작거리던 블룬크가 마침내 입을 열었다.

"자네, 윗옷을 한번 벗어보게."

틸만이 셔츠를 벗고 진찰용 의자에 앉았다. 블룬크가 틸만의 심장과 등에 청진기를 가져다대고 손가락 두 개로 목 부위를 톡톡 두드리면서 물었다.

"아픈가?"

틸만이 아니라고 하자 이번에는 작은 고무망치로 틸만의 무릎을 두드리며 반응을 살펴보았다. 그걸 보고 뭔가 진단을 내리려는 듯했다.

"말해 보게, 틸만. 혹시 가끔 다리에 통증이 오지 않았나? 특히 관절 부위들 말일세. 성장이 몹시 빠른 청소년들한테 그런 현상이 자주 일어나는 건 자네도 알지? 뼈가 너무 빨리 자라는 바람에 관절에 무리가 가서 그런 걸세."

그 말을 하는 닥터 블룬크의 표정이 매우 진지하고 근엄해 보였다. 자신이 지금 하는 말은 건전하고 합리적인 이성이 아니라 의학적인 전문지식에 토대를 두고 있다는 것을 알아달라는 듯이.

"아뇨, 선생님. 통증 같은 건 없었어요."

"뭐 언젠가 혹시 통증을 느끼게 되더라도 그건 절대 걱정할 필요 없네. 관절이 좀 아프다고 해도 별 문제 아니라는 뜻일세. 때가 되면 관절은 저절로 원상회복이 되는 법일세."

다시 책상으로 돌아간 닥터 블룬크가 아주 힘든 일을 마치고 한숨 돌리려는 것처럼 나직한 신음소리를 내면서 의자에 털썩 주저앉았다. 의자에서 탁, 하는 소리가 났다.

"흠흠, 틸만. 자넨 정말 하늘 높은 줄 모르고 키가 쑥쑥 자랐군. 하지만 왕왕 있는 일이니 크게 걱정할 건 없네. 그러다가도 열다섯 살에 성장이 멈추기도 하고, 열일곱 살까지 계속 성장하기도 하네. 사람마다 경우가 다 달라 한 마디로 잘라 말할 수는 없지만 아무튼 별일 아닐세."

"하지만 저는 조만간 열아홉 살이 되는데요, 선생님."

"아, 그렇지. 자네가 아까 그렇다고 말했지……."

틸만이 셔츠를 입는 동안 닥터 블룬크가 화제를 바꾸더니 틸만의 아버지와 어머니에 대해 다시 이것저것 묻기 시작했다. 이미 대답했던 질문들도 몇 개 섞여 있었다. 10분 후 닥터 블룬크는 자기 자신과 틸만, 그리고 세상에 있는 모든 존재에 만족한다는 듯 아주 태평스러운 얼굴로 다정한 작별인사와 함께 틸만을 진료실 밖으로 내보냈다.

다시 만난 프란치

날이 갈수록 틸만에 대한 나골츠하우젠 사람들의 관심이 커졌다. 어디에서 뭘 하고 있든—길을 건너든, 버스정류장에 서 있든, 카페에서 케이크를 먹든—늘 사람들의 시선이 그를 따라다녔다. 사람들은 길을 걷다가도 걸음을 멈추고 뒤를 돌아보았고, 하던 대화를 중단한 채 멍하니 입을 벌리고 그를 쳐다보았다. 관음적 욕망을 숨기기 위해 안 보는 척 은밀히 힐끔거리기만 하는 사람은 극소수였고, 대부분은 뻔뻔할 만큼 노골적으로 그의 모습을 눈으로 훑었다.

사람들이 그토록 당당하고 뻔뻔할 수 있는 이유를 굳이 짐작해 보자면 그의 신체가 일반적인 범주를 너무 크게 벗어났기 때문일 것이다. 고상한 척 외면하기에는 눈앞에 보이는 광경이 도무지 믿기지 않는 것이다. 대부분의 경우 사람들은 틸만을 쳐다볼 때 당혹스러움을 애써 미소로 포장하려 했다. 그게 얼마나 무례한 짓인지 잘 알기에 조금이나마 민망함을 덜어보려는 속보이는 수작이다. 눈을 껌뻑거리면서 거리낌 없이 입을 비죽거리며 비웃는 경우들도 있었다. 몸이 그렇게 비정상적이면 주변사람들의 시선과 비웃음쯤은 당연하게 받아들여야 하지 않겠느냐는 무언의 압박이다.

이제 옛날 그의 동창생들은 틸만을 더 이상 "대들보"라고 부르지 않았다. 이미 유행이 한참 지난 별명인데다가 현재 그의 모습을 담아내기에는 어딘가 부족해 보였기 때문이다. 틸만의 키는 이제 그냥 농담거리로 웃고 넘길 수준을 넘어섰을 뿐만 아니라, 말장난을 하며 낄낄거리기에는 상당히 위험해 보이는 특징들을 보여주고 있었다. 그래서 입이 무척 거친 친구들조차 틸만의 키를 조롱하는 것을 삼갔다. 현실이 주는 압박만으로도 이미 충분해 보였다. 결국 현재 그의 키에 맞는 적절한 표현을 찾기도 힘들고, 또 한편으로는 친구를 보호하고 싶은 마음도 있고 해서 틸만의 별명을 부르는 것은 중단되었다.

어머니는 이제 틸만을 보면 "그래, 그래. 우리 틸만의 키는……" 하고 말을 시작하다가도 끝맺지 못하는 경우가 종종 있었다. "……정말 끝도 없이 자라는구나"라는 말로 맺을 때도 있었다. 아들의 키에 대한 엄마로서의 자부심과 기쁨은 마음속에 여운조차 남지 않을 정도로 거의 사라졌다. 키 큰 남자에 대한 로망을 아들이 충족시켜 주었다는 만족감은 근심 걱정에 밀려났다. 저렇게 키가 계속 자라다가는 언젠가 끔찍하고 무서운 일이 일어날지도 모른다는 불안감이 올라왔다. 그런데도 그걸 막아줄 힘이 없었다. 그녀가 힘없는 목소리로 "그래, 그래. 우리 틸만의 키는……"이라고 혼잣말을 중얼거리는 것은 말의 옷을 입고 있는 신음소리나 마찬가지였다.

프란치는 이제 틸만의 옆에 서면 거의 땅꼬마처럼 보였다. 함께 거리를 걸어갈 때면 그녀의 머리는 단지 틸만의 복부 정도까지밖에 닿지 않았다. 산책할 때면 자연스레 그녀의 어깨에 걸쳐놓았던 틸만의 팔은 이제 프란치의 얼굴에 닿았다. 그건 보기에도 별로였을 뿐만 아니라 사랑스럽고 자그마한 그녀의 체구를 엄청난 무게로 짓누르는 것처럼 보였다. 두 사람의 그런 모습을 보면 행인들은 틸만이 혼자 있을 때보다 더 뚫어질 듯이 쳐다보았다. 프란치는 사람들의 그런 시선이 갈수록 부담스러워졌다. 그래서 이젠 함께 산책을 나갔을 때 즐겨 다니던 큰길을 피해 골목길로 빙 돌아가자고 그녀가 먼저 곤혹스런 표정으로 요청하는 경우가 잦아졌다. 심지어 인적이 뜸한 시 외곽에 있는 숲속으로 산책을 가자는 제안까지 했다. 프란치가 자연을 사랑하지 않는다는 것을 알아차렸을 때보다 그 때가 더 당혹스러웠다.

털만은 자신이 프란치에게 부담스러운 존재가 되었다는 사실을 깨달았다. 그것이 그를 슬프게 했지만 그렇다고 그녀를 나쁘게 생각하지 않으려 애썼다. 프란치는 타인의 시선에 매우 민감했고, 그건 충분히 이해할 만한 일이었다. 게다가 일상적이고 평범한 것들 속에서 가장 편안함을 느끼는 사람이었으니, 정상에서 벗어나도 너무 벗어난 털만의 키가 어찌 고통스럽지 않겠는가.

처음에는 보통사람들과 다른 그의 모습이 매혹적으로 느껴졌을 것이다. 고만고만한 남자들 사이에서 사람들의 시선을 확 끌어들이는 털만의 엄청난 키가 색다른 것을 선호하는 그녀의 기호에 딱 맞았던 것이다. 그때까지만 해도 그의 큰 체구가 우스꽝스럽거나 그로테스크해 보일 정도는 아니었다. 하지만 상황이 달라졌다. 털만은 앞으로 두 사람의 관계가 어떻게 진행될지 충분히 예상할 수 있었다.

털만과 프란치가 파티에 참석하면 이제 사람들은 엄청난 키 차이를 보이는 두 사람을 보고 여기저기서 쑥덕쑥덕 뒷말들을 하기 시작했다. 털만이 전부 열네 군데 자동차 운전학원에서 수강을 거부당했다는 이야기도 사람들의 입에 오르내렸다. 프란치의 친구들, 특히 남자들한테 그건 두고두고 써먹을 수 있는 재미있는 농담거리가 되었다. 날이 갈수록 틸만에 대한 조롱과 희화가 심해졌다. 이름도 얼굴도 모르는 사람들이 그가 아직 운전면허증도 없다는 이야기를 재미 삼아 입에 올렸다. 영원히 운전면허증을 따지 못할 거라는 이야기가 덧붙여졌다.

물론 틸만은 오래 전부터 사람들이 제 키를 갖고 조롱하는 것에 익숙했다. 하지만 언제부턴가 그런 농담들이 인신공격으로 느껴져 마음이 불편했다. 프란치 주변에 있는 제일 한심한 남자한테도 절대 할 수 없는 그런 인신공격이었다. 그리고 그들의 조롱이 절대 끝나지 않을 거라는 것도 예감했다.

프란치는 이제 틸만을 지인들에게 소개할 때—그런 일은 아주 빈번했다—언제부턴가 "이쪽은 내 키다리 남자친구!"라고 말하지 않았다. 눈을 찡긋하면서 틸만을 올려다보는 일도 없었다. 틸만에게 쏟아지는 수많은 농담들을 그냥 의연하게 농담으로 넘기지 못하는 것도 표정에 다 드러났다. 틸만은 그게 더욱 섭섭했다. 프란치에게는 본인의 체면을 지키는 게 더 중요하다는 것을 본능적으로 알아차렸기 때문이다. 틸만을 겨냥한 모든 농담은 결국은 프란치를 겨냥하는 농담이었다.

둘이 같이 파티에 참석해서도 틸만이 허공을 응시하며 딴 생각에 빠져드는 일이 갈수록 빈번해졌다. 종알거리는 프란치의 목소리는 그냥 틸만의 귓전을 스쳐지나갔다. 파티장에서도 틸만은 오히려 그를 구원해주는 내면의 목소리에 귀를 기울였다. 내면의 고요가 파티장의 온갖 소음을 이긴 것이다.

어느 날 오후 두 사람은 커다란 카페에서 만났다. 인사를 나눌 때부터 틸만은 프란치의 눈빛에서 긴장과 초조, 그리고 불안을 엿볼 수 있었다. 전에는 한 번도 본 적이 없는 눈빛이었다. 뭔가 중요한 이야기를 꺼낼 거라는 것을 직감했다. 메뉴판을 보면서 종업원을 기다리는 동안 프란치는 입을 꾹 다물고 있었다. 너무나 확실하게 다가오는 불길한 예감…… 예전에는 카페에서 만날 때면 그동안 자신이 뭘 하며 지냈는지 마치 봇물 터지듯 말을 쏟아놓곤 했던 프란치였다.

틸만은 커피를 주문했다. 그 순간 이게 프란치와 마시는 마지막 커피라는 걸 확신했다. 그런데 그 사실이 자신에게 그리 큰 충격이 되지 않을 거라는 깨달음에 오히려 놀랐다.

갑자기 프란치가 입을 열었다.

"너하고 할 이야기가 있어."

"그래? 어서 말해 봐."

"우리…… 그만 헤어지자. 어제부로…… 내 인생이 완전히 달라졌거든."

그녀의 입에서 나온 말이 왠지 귀에 익숙했다. 며칠 전 함께 본 헐리웃 영화가 떠올랐다. 그 영화에서 금발머리 여자가 비슷한 말로 애인에게 작별을 고하는 장면이었다. 틸만이 혼잣말로 나직하게 중얼거렸다. "이렇게 한심할 수가!"

아, 이렇게 부끄러운 줄도 모르고 싸구려 표현을 빌려와 작별을 고하는 여자였나, 하는 생각이 문득 머리를 스쳤다. 다음 순간 그는 프란치를 잃는 게 그에게는 아주 사소한 일이라는 것을 깨달았다. 그는 모든 것을 냉정하고 차분하게 받아들일 준비가 되어 있었다. 그에게 이별은 그저 언어적 불쾌감 이상의 것은 아니었다.

"한 가지만 말해줘. 그 사람이 대체 누구야?"

이 상투적인 말 역시 영화 속 대사였다. 틸만은 프란치를 따라 자신도 그런 저질 헐리웃 영화의 대사를 인용하고 있다는 사실이 몹시 불쾌했다.

그런데 프란치는 틸만의 패러디조차 눈치 못 채고 잠시 눈을 감고 침묵했다.

"너도 아는 사람이야, 틸만. 바로…… 요한네스야."

"요한네스? 모르는 이름인데?"

"그럴 리가…… 며칠 전에 인사했었잖아."

"아, 그랬던가? 네 남자친구들 얼굴을 알기는 하지만 개별적으로 이름과 얼굴을 연결시킬 정도는 아니라서."

프란치가 어색한 미소를 지었다.

"기다란 곱슬머리를 한 애가 요한네스야. 수영하다 만났잖아. 아직도 생각 안 나? 그 왜 라인아흐 호숫가에서……."

"알파로메오 자동차 타고 왔던 그 남자?"

"그래, 바로 그 사람……."

프란치가 고개를 푹 숙였다. 다행스럽게도 그 덕분에 얼굴 양쪽에서 머리카락이 한꺼번에 쏟아져 내려 발갛게 달아오른 얼굴을 가려주었다.

"틸만…… 제발 이제 나를 잊어줘."

사슬이 끊어지다

기와장이로서의 틸만은 날이 갈수록 쓸모없어졌다. 자칫 몸을 잘못 움직였다가 간신히 유지하고 있는 균형을 잃을지도 모른다는 두려움 때문에 공중에서의 움직임이 몹시 둔해졌기 때문이다. 숙련된 전문가들로, 그 어떤 어려움 앞에서도 떨거나 뒤로 물러서는 법이 없는 동료들 눈에 그런 틸만의 모습은 한심하기 짝이 없었다.

아침에 사다리를 타고 지붕을 향해 한 걸음씩 올라갈 때마다 틸만은 머리가 어지럽고 속이 울렁거렸다. 자기처럼 큰 키를 가진 사람이 할 수 있는 게 아무 것도 없는 영역으로 끌려들어가는 그런 기분이었다. 사다리가 살짝 흔들리기만 해도 마치 지붕 위에서 그를 기다리고 있는 끔찍한 재앙의 전조현상처럼 느껴졌다. 사다리의 맨 마지막 발판에서 발을 떼어 지붕 위로 올라서면 그의 온몸이 진땀으로 번들거렸다.

그러던 어느 가을날—하늘이 낮게 드리워져 있고 차가운 진눈깨비가 추적추적 내리는 날이었다—커다란 신발을 신은 틸만이 물기에 젖은 지붕에서 기왓장 위로 주르륵 미끄러졌다. 다행히 추녀의 물받이 속으로 빨려 들어가기 직전, 간신히 피뢰침을 붙잡아 추락은 면했다. 그는 눈을 휘둥그레 뜨고서 하늘을 올려다보았다. 입에서 절로 휴우, 한숨이 새어나왔다. 틸만은 몸을 움직이지 않고 간신히 매달려 있을 수 있었다. 두 명의 동료가 그를 도와주러 왔다. 그들은 일단 틸만의 손가락을 피뢰침으로부터 떼어냈다. 그런데 그것부터가 간단한 일이 아니었다. 그런 다음 온갖 방법을 다 동원해 틸만의 몸을 지붕 위로 끌어올렸다. 그리고 추녀 끝에 사다리를 걸친 뒤 틸만을 안전하게 바닥으로 내려주었다.

틸만은 택시를 타고 집으로 돌아갔다. 그리고 방에 들어가자마자 침대로 직행했다. 그는 머리를 베개에 파묻고 서너 시간쯤 꼼짝도 않고 그대로 누워 있었다. 그의 몸을 끌어올리는 과정에서 우툴두툴한 벽돌에 쓸리는 바람에 생긴 팔꿈치의 생채기만 제외하면 다친 곳은 없었다. 하지만 어찌나 놀랐는지 눈조차 뜰 수 없을 만큼 기진맥진했다. 그의 머릿속에는 오직 한 가지 생각밖에 없었다. 다시는 지붕 위에 올라가지 않겠다는 생각.

초저녁에 아버지와 어머니가 그의 방으로 찾아왔다. 틸만은 부모님에게 기와장이 일을 포기하고 싶다고 말했다. 나직한 목소리로 조심스럽게. 하지만 비록 목소리는 작았지만 자신의 결심이 확고하다는 것을 분명히 보여주었다. 아버지는 불쾌한 기색으로 중간에 퉁명스레 틸만의 말을 끊고서 집 밖으로 휙 나가버렸다. 그리고는 밤새도록 몇몇 술집을 전전했다. 결혼생활을 하는 동안 틸만의 어머니조차 한 번도 본 적이 없을 만큼 고주망태가 되어 이른 새벽에 집으로 돌아왔다.

그 후 이틀 동안 아버지는 말도 못 붙일 만큼 침통한 얼굴로 방에 틀어박혀 아들과 단 한 마디도 하지 않았다. 틸만 역시 고집을 꺾지 않고 침대에 누워 천장만 올려다보면서 가끔 레코드판으로 음악을 듣는 것으로 위안을 삼았다. 사흘째 되던 날 아버지가 틸만을 찾아와 창백한 얼굴에 시뻘겋게 핏발이 선 눈으로, 혹시 다시 한 번 생각해봤느냐고 물었다. 틸만은 시선을 천장에 둔 채 더 이상 생각하고 말고 할 게 없다고 대답했다. 아버지는 다시 부르르 성을 내며 방을 나갔고, 또다시 술집을 전전했다. 그날에는 일찍 귀가했는데, 남편의 마음을 꿰뚫고 있는 어머니가 확인한 바에 의하면 그리 많이 취하지는 않았다고 한다. 다음 날 아침 아버지는 피할 수 없는 운명을 그대로 받아들였다.

틸만은 몇 주 동안 앞으로 자신이 무슨 일을 하면 좋을지 고민했다. 생계문제를 해결하려면 반드시 직업이 필요했다. 물론 키가 걸림돌이 되지 않는 그런 직업이어야 했다. 그런데 그걸 찾는 게 마치 난이도가 너무 높아 그의 머리로는 도저히 풀 수 없는 수수께끼처럼 그리 쉽지 않았다. 지금까지 늘 이미 정해진 길을 따라서만 살아오다가 제대로 뒤통수를 맞은 셈이었다. 그는 기와장이 일 말고는 그 어떤 직업훈련도 받은 적이 없었다. 다른 직업을 가질 수도 있다는 생각을 해본 적이 없으니 당연한 일이었다.

학창시절 잠시 품었던 소망이 다시 마음속에서 꿈틀거렸다. 아비투어(Abitur, 김나지움의 졸업시험이자 대학입학 자격시험—옮긴이 주)를 보고 대학에 진학하고 싶었던 소망…… 하지만 지금처럼 불안한 상황에서 그런 계획을 세우는 것은 무모한 짓이었다. 게다가 그는 현재 저의 무능을 뼈저리게 느끼고 있는 중이었다. 학창 시절 선생님들이 공부 쪽으로는 늘 그를 무시했던 기억이 떠올랐다. 한때는 음악가를 꿈꾸었던 적이 있었다. 그 생각이 나자 저절로 입꼬리가 슬며시 올라갔다. 어떻게 그런 엉뚱한 발상을 할 수 있었을까! 그런 생각을 할 수 있었던 것만 봐도 그의 상황이 몹시 힘들었었다는 것을 알 수 있다.

틸만이 다른 기술을 배우겠다고 하면 아마 아버지는 받아들일 것이다. 뵐칭거 가문의 가업과 유사한 분야에서 일을 하는 셈이니까. 아버지는 틸만에게 칠장이의 도제실습을 받아보는 게 어떻겠느냐고 권했다.

"칠장이 일은 키가 아무리 커도 상관없다. 키가 절대 해가 되지 않는다는 말이야. 오히려 큰 키가 이점이 될 수도 있다. 천장에 칠을 할 때 사다리가 필요 없을 테니까."

틸만은 아버지가 얼마나 진지하게 이런 제안을 하는지 몰랐지만 완곡하게 거절했다.

결국 그는 경리가 되기로 결심했다. 가족 중 누군가 그 말을 꺼냈을 때 딱히 거절할 만한 이유가 생각나지 않아 결정을 유보했는데, 오랜 고민 끝에 그쪽으로 마음이 기울었다. 그는 경리라는 직업에 대해 정확히 몰랐다. 해볼 만한 일이라는 생각도 전혀 없었다. 하지만 그보다 더 끌리는 다른 직업이 없는데다가 아무 것도 안 하고 계속 시간만 낭비할 수도 없는 처지였다. 사실 집에서 밥만 축낸다고 아버지로부터 여러 번 싫은 소리를 들다 보니 뭐든 빨리 결정을 내려야 했다.

틸만은 시에서 운영하는 회계학원에 등록해 공부를 시작했다. 1년 6개월짜리 과정이었는데, 틸만은 성실히 그 과정을 마쳤다. 아침이면 학원으로 가서 미래의 경리를 꿈꾸는 동료들과 나란히 책상에 앉아 공부했다. 의자에 앉아 공부하노라면 등이 쑤셨다. 책을 읽거나 노트 정리를 할 때 상체를 깊숙이 숙여야 할 정도로 책상이 낮았기 때문이다. 하지만 그에게는 그걸 탓할 자격이 없었다. 몸에 맞는 군복이 없어 군대도 못 가고, 몸에 맞는 자동차가 없어 운전교습도 못 받은 사람이 회계학원에서 키에 맞는 책상을 기대하는 것은 말도 안 되는 욕심이었다.

오후부터 초저녁까지는 집에서 공부했다. 인생에서 이미 두 번씩이나 좌절을 맛본 자만이 가질 수 있는 성실함과 인생의 2막에서는 꼭 성공하고 싶은 자의 절박함으로 아주 열심히.

교수를 만나다

닥터 블룬크가 앉은 자리에서 기지개를 쭉 켜고는 마치 길에서 우연히 만나 잠시 걸음을 멈추고 대화를 나누는 것처럼 상냥하고 다정한 말투로 말했다.

"좋은 아침이야! 그런데 자네는 그새 키가 더 자란 것 같군. 뭐, 축하할 만한 일이지! 자네 부친은 요즘 어떻게 지내시나? 모친은? 집에 별일 없지?"

틸만은 지난번에 방문했을 때보다 말을 적게 했다. 한 2, 3분 정도 인내심을 갖고 일상적인 안부인사를 나누었다. 화제가 궁한 닥터 블룬크가 입에서 나오는 대로 생각 없이 던지는 무의미한 질문들에 간단히 대답한 다음 틸만이 화제를 바꾸었다.

그가 진지한 표정으로 목소리를 쫙 내리깔면서 본론으로 들어갔다.

"키 문제로 다시 찾아왔습니다, 선생님."

"아차차! 그렇지? 지난번에도 그 문제로 여기 왔었지."

"네, 맞습니다. 저는 그새 키가 더 자랐습니다. 한 4, 5센티미터 정도요. 그것 때문에 요즘 불안해 죽겠습니다."

닥터 블룬크가 의자 방석에 몸을 깊숙이 파묻었다. 그리고는 가운 주머니에서 연필을 꺼내 입에 문 뒤 천천히 돌렸다. 마치 십자낱말풀이를 하다가 자신이 생각한 정답이 칸의 개수에 맞는지 확인하려는 것처럼.

"맞아. 자넨 정말 전봇대야 전봇대. 문으로 들어서는 자네를 보는 순간 내 눈을 믿을 수 없을 정도였네. 그런데 자네 지금 몇 살이지?"

"6개월 전에 만 19세가 넘었어요."

"그런데 벌써 완전히 성인의 모습이로군. 안 그런가?"

닥터 블룬크의 입에서 관절에 통증이 오지 않느냐는 질문이 나올 차례였다. 틸만은 의사가 관절을 직접 두드려볼 수 있도록 의자에 앉으려고 했다. 그런데 상황이 다르게 전개됐다. 닥터 블룬크가 상당히 진지한 표정으로 틸만의 눈을 마주보았다. 그리고 어떤 식으로 말을 꺼내면 좋을지 고민하는 것처럼 연필을 몇 번 허공에 대고 흔든 다음 마침내 입을 열었다.

“틸만, 이제부터 우리가 뭘 할 건지 말해주겠네. 우린 자네를 전문가한테 보낼 생각이네. 슈투트가르트에 계신 마이어-쉘베르거 교수님한테로. 그분이라면 틀림없이 자네를 도와줄 수 있을 걸세. 알다시피 나는 전문의가 아니네. 자네의 키 문제는 내가 다룰 수 있는 분야가 아니라는 뜻일세. 그게 너무 예외적인 케이스라서 말일세.”

닥터 블룬크가 의자에 앉아 상체를 앞으로 숙였다. 저러다 책상 모서리에 부딪치지 않을까 걱정될 정도로 몸을 바짝 숙인 그의 얼굴에 민망한 듯한 미소가 떠올랐다.

“나는 코감기나 티눈 정도 다루는 의사일세. 그러니 다른 질병을 앓고 있는 사람이 나를 찾아오면 전문의한테 보내는 게 당연한 일이네. 하하하!”

성 요제프 병원의 마이어-쉘베르거 과장은 냉정하고 꼼꼼하게 틸만을 검사했다. 말은 거의 하지 않았다. 마치 매복초소처럼 얼굴의 움푹 파인 곳에 자리 잡고 있는, 약간 깊어 보이는 회색의 매우 지적인 눈을 가진 잘생긴 얼굴은 표정변화가 거의 없었다. 검사 도중에 서너 번쯤 간호사에게 마치 혼잣말을 하듯 작고 단조로운 목소리로 이런저런 지시를 내렸다. 그가 부르는 단어와 숫자들을 간호사가 수첩에 기록했다. 틸만은 그의 지시를 잘 이행하기 위해 신경을 곤두세웠고, 실수 없이 그의 지시대로 정확히 수행했다.

마이어-쉘베르거 교수는 비밀스런 전문지식을 갖춘, 틸만이 절대 도달할 수 없는 높은 곳에 있는 신비한 존재처럼 보였다. 틸만 자신처럼 하찮은 사람한테까지 관심을 보이기에는 너무나 큰 인물 아닌가. 기형적인 키만 아니라면 그는 절대 마이어-쉘베르거 교수 같은 거물을 만날 수 없었을 것이다. 그러니 기형적인 신체를 빼놓으면 틸만은 마이어-쉘베르거 교수에게 아무런 의미도 없는 사람이었다.

검사가 끝났을 때 교수가 눈짓으로 간호사에게 은밀하게 신호를 보내자 간호사가 밖으로 나갔다. 순간 틸만의 등줄기 위로 차가운 전율이 흘렀다. 심각한 이야기를 꺼내려는 게 분명했다. 당사자만 들어야 하는 이야기…… 당연히 끔찍한 내용일 것이다.

마이어-쉘베르거 교수는 안경을 벗었다. 검사할 때의 모습과는 전혀 다르게, 마치 무슨 의식이라도 치르는 것처럼 아주 조심스러운 손길로 안경다리를 고이 접어 케이스에 집어넣었다. 그리고는 또다시 의식을 치르는 것처럼 신중한 손길로 입고 있는 흰색 가운의 가슴에 달린 주머니 속에 쏙 집어넣었다.

그가 매끈하게 면도한 턱을 두 손가락으로 받치고서 처음으로 틸만과 시선을 마주쳤다.

"뷜칭거 군, 유감스럽게도 자네한테 좋지 않은 이야기를 해야 할 것 같군. 성장이 멈추지 않는 데 대한 자네의 걱정은 당연한 일이네. 이건 아주 힘든 질병의 일종이니까. 정확히 말하자면 뇌하수체의 기능에 이상이 생긴 것이네. 방금 한 검사가 명확히 그걸 입증해주고 있네. 좀 더 구체적으로 말하면 현재 자네의 상태는……."

상당히 긴 설명이 이어졌다. 하지만 틸만은 의사의 말을 거의 이해할 수 없었다. 라틴어와 그리스어로 된 전문용어들이 난무하고, 간간이 튀어나오는 독일어조차 귀에 잘 들어오지 않았다. 마이어-쉘베르거 교수의 입에서는 모든 말이 너무 쉽고 거침없이 흘러나와 새로운 의미를 획득하는 것처럼 보였다. 뭐 그래도 틸만은 지금 자신의 문제가 무언지는 대충 이해할 수 있었다.

뇌하수체는 뇌 속에 있는 내분비기관으로, 주요 임무는 성장과 관련된 호르몬의 분비를 촉진하는 것이다. 일반적으로 뇌하수체는 열다섯 살에서 열여덟 살 사이에 활동을 중단한다. 하지만 틸만의 경우 뇌하수체에 이상이 생겨 지금도 계속 활동 중이다. 의학적으로는 이 문제를 아직 해결하지 못했다. 몇 가지 약품을 개발하기는 했지만 아직 완벽한 성공을 보장하는 단계는 아니다. 뇌하수체 제거 수술을 고려해볼 수는 있다. 하지만 그건 아주 위험한 수술이기 때문에 마이어-쉘베르거 교수는 이 수술을 강하게 만류하는 입장이다.

틸만은 마치 귀머거리가 된 것처럼 소리가 윙윙거렸으나 그래도 경직된 얼굴로 마이어-쉘베르거 교수의 말에 귀를 기울였다. 교수의 목소리가 아주 먼 곳에서 나는 소리처럼 아득하게 들렸다. 약간 경쾌하면서도 단조로운 톤이었다. 그러다 가끔 알아듣는 말이 나오면 힘없이 고개를 끄덕이거나 "흠흠" 하며 맞장구를 쳤다. 물론 틸만은 교수가 하는 말의 진짜 의미를 제대로 파악하지 못했다는 것을 알고 있었다. 그의 말 속에는 분명히 그의 미래를 위험에 빠뜨릴 수 있는 끔찍하고 무서운 내용이 들어 있을 것이다. 무거운 바윗덩어리가 그의 어깨 위에 툭 떨어진 것 같은 기분이었다. 다행히 지금 당장은 감각이 무뎌져 그 무게를 느끼지 못하지만 이 방을 나가 마이어-쉘베르거 교수의 마법에서 풀려나게 되면 곧바로 무서운 힘이 그를 바닥으로 짓눌러버릴 것이다.

마이어-쉘베르거 교수의 일장 연설이 끝났다. 그는 큰일을 끝냈다는 듯 홀가분한 표정으로 케이스에서 다시 안경을 꺼내 쓴 뒤 뭔가를 메모하기 시작했다. 사각거리는 종이 소리……

메모하던 교수의 눈길이 거의 마비되다시피 한 틸만의 몸을 훑고 지나갔다. 틸만은 진땀으로 눅눅해진 손바닥을 바지에 쓱쓱 문질러 닦았다. 그리곤 평소와는 달리 사투리 억양이 섞이지 않은 표준어로 말했다.

"저기, 질문 하나만…… 해도 될까요? 이 뇌하수체라는 것 때문에 저는 앞으로도 계속…… 성장하게 되는 건가요? 아니면 …… 언젠가는…… 성장이 멈출까요?"

마이어-쉘베르거 교수가 메모를 중단하고 잠시 생각에 잠겼다가 고개를 좌우로 흔들었다. 틸만의 질문에 긍정도 부정도 하지 않는 고갯짓이었다.

"현재 시점에서 예후를 전망하는 것은 불가능하네. 우린 먼저 자네의 질병이 어떻게 진행되는지 추적하고 관찰해야 하네. 아까도 말했듯이 뇌하수체 이상은 지극히 드문 현상이네. 그래서 이 질병에 대한 우리의 지식은 아직 걸음마 단계일세. 언제가 될지는 모르겠으나 뇌하수체가 호르몬 분비를 멈출 가능성을 완전히 배제할 수는 없네. 그렇게 되면 자네의 성장도 자동적으로 멈추게 되겠지. 사실 이렇게 좋게 끝나는 케이스가 몇 건 학계에 보고된 적이 있었네."

마이어-쉘베르거 교수가 의자 등받이에 몸을 바짝 붙이고서 마치 눈앞에 보이지 않는 거울이 있다는 듯이 손가락 끝으로 희끗희끗한 새치가 섞여 있는 자신의 곱슬머리를 쓸어내렸다. 본인의 세련된 외모에 만족하고 있지만 약간 더 손질이 필요하다고 느끼는 것 같았다.

"혹시 관절에 자주 통증을 느끼나, 뵐칭거 군? 예를 들면, 허리나 무릎 관절 말일세?"

"아뇨."

"그럼 등에서 통증을 느낀 적은 없었나? 성장이 빠른 환자들한테서 자주 나타나는 증세일세."

"저는 통증을 느낀 적이 없습니다. 등을 비롯해 그 어느 부위에서도."

"아하, 그랬군!"

아주 반가운 소식을 들었다는 듯, 그리고 방금 전 말했던 이 질병의 우울한 측면들을 이것으로 어느 정도 상쇄할 수 있다는 듯 교수의 얼굴에 처음으로 미소가 떠올랐다. 그리고 그 순간 마치 몰래 두 사람의 대화를 엿들으면서 기회를 노린 것처럼, 아니면 비밀스런 신호를 통해 교수와 의사소통이 이루어진 것처럼 진료실 문이 열리고 간호사가 안으로 들어왔다. 마이어-쉘베르거 교수가 손바닥으로 부드럽게 책상을 두드렸다. 이제 상담이 거의 다 끝났다는 첫 번째 신호였다.

발전

털만은 이제 대부분을 명상과 사색에 잠겨 생활했다. 그의 삶은 약간의 우울함, 슬픔, 그리고 진지함이 묘하게 경계를 이루며 어우러져 있었다. 인생이 음험한 목적으로 그의 뒤통수를 때렸고, 어쩌면 이제 다시는 그 충격에서 회복될 수 없을지도 몰랐다. 마이어-쉘베르거 교수 같은 인물조차 고칠 수 없는 무시무시한 불치병을 한평생 안고 살아야 한다는 사실이 그를 나락으로 끌어내렸다. 암울하고 참혹한 미래에 대한 공포가 시도 때도 없이 그를 덮쳤다. 아침에 눈을 떠서 밤 중에 잠이 들 때까지 털만은 자신이 병들었다는 생각에서 벗어날 수 없었다. 그리고 일상생활에서 하는 동작 하나하나가 전부 그의 키가 얼마나 큰지를 상기시켰다.

하지만 좌절 뒤에는 다른 것이 숨어 있었다. 바로 희망의 싹이었다. 시간이 흐를수록 틸만의 마음속에서 희망이 더 크게 자리 잡았고, 자신을 짓누르고 있는 적에 대한 작지만 끈질긴 적개심이 생겨났다. 그 적개심의 힘으로 그는 고개를 꼿꼿이 치켜들었고, 전사가 되어 머릿속에서 마이어-쉘베르거 교수의 말씀은 간단히 물리치고 싶은 열망을 느꼈다.

또한 아직 의사로부터 최후통첩을 받은 것은 아니지 않느냐며 자신의 마음을 달랬다. 머릿속에 있는 수수께끼 같은 내분비기관이 어느 날 느닷없이 활동을 중단할 가능성도 아직 살아 있었다. 사람이 말 그대로 하늘 높은 줄 모르고 계속 키가 자란다는 게 과연 있을 수 있는 일인가. 동서고금을 통틀어 누군가 그렇게 계속 키가 자랐다는 기이한 이야기는 들어본 적도, 읽어본 적도 없다. 모든 문제는 일정 부분 꿈과 연관돼 있다. 그런데 그 꿈보다도 더 소중한 자신의 인생이 그까짓 일로 암울해지는 것을 그대로 내버려둘 수는 없는 일이었다.

틸만은 회계학원의 졸업시험을 2등으로 통과했다. 직장은 며칠 만에 쉽게 구했다. 나골츠하우젠에서 비교적 큰 규모의 가구공장을 갖고 있는 아버지의 지인이 마침 경리를 구하고 있었다. 아버지 연배의 사장 트륍스틀레 씨는 마음씨가 따뜻하고 성품이 어질었다. 선량한 얼굴에는 늘 미소가 떠나지 않았는데, 부드러운 미소는 타고난 게 분명했다. 가구공장을 둘러볼 때면 보는 사람 모두에게 다정하고 상냥한 인사를 건넸고, 일반적인 상황이라면 고개를 내저어야 할 그런 자리에서도 격려하듯 고개를 끄덕거렸다. 틸만이 경리로 채용된 것은 순전히 그의 선량한 마음씨 덕분이었다. 면접을 볼 때 그는 틸만의 우수한 졸업성적표를 확인하기도 전에 채용하겠다며 고개를 끄덕였다.

틸만의 책상은 통나무들 위에 설치되었다. 또한 트룁스틀레 사장의 지시로 틸만의 키에 맞는 의자도 별도로 만들어주었다. 바에서 흔히 볼 수 있는 높은 의자로, 덕분에 틸만은 정말 오랜만에 억지로 다리를 구부릴 필요 없이 똑바른 자세로 책상에 앉을 수 있었다.

트룁스틀레 사장은 특별한 용건이 없어도 하루에 서너 번쯤 틸만의 자리로 찾아와 선량한 얼굴로 미소를 지으면서 몇 마디 덕담을 해주었다. 사장이 파이프담배를 뻐끔뻐끔 피우면서 사무실을 연기로 가득 채우면 틸만은 자연스레 자리에서 일어나 그의 앞에 공손히 서 있었다. 그 다음 장면은 늘 똑같았다. 혹시 천장에 머리가 닿을까봐 틸만이 고개를 수그리고 있으면 트룁스틀레 사장이 황급히 손을 내저으면서 이렇게 말했다.

"그냥 앉아 있게. 앉아 있으라니까. 자네는 날 위해 열심히 일을 하면 되네, 허허허!"

경리 일은 틸만에게 큰 보람을 안겨주지는 못했다. 일이 거의 단순노동에 가까웠기 때문이다. 사소한 내용들을 정리하는 게 주된 업무였는데, 그걸 하고 있노라면 쉽게 짜증이 밀려왔다. 하지만 당장 때려치우고 싶을 만큼 싫은 것은 또 아니었다. 한 사람의 성인으로서 직업을 갖고 있다는 사실은 생활에 안정과 평화를 가져다주었다. 어쨌거나 그가 하는 일은 쓸모 있는 일이었고, 생계까지 해결해주었다. 이래저래 고달픈 인생에서 남들에게 떳떳하게 내세울 만한 직업을 갖고 있다는 것이 어느 정도 위로가 되는 것도 사실이었다. 비록 아무도 그를 비난하지는 않았지만 기와장이로서 실패했다는 자괴감이 약간이나마 보상받았다는 느낌도 있었다.

경리 일의 장점들 중 하나는 정시에 퇴근한다는 점이었다. 오후 다섯 시면 정신적으로 아직 뭔가를 다시 시작할 수 있는 에너지가 충분히 남아 있었다. 퇴근시간이 되면 그는 곧바로 집으로 돌아가 그대로 피아노 앞에 앉았다. 연주 실력은 그 사이에 많이 향상되었다. 처음 시작할 때처럼 집요하게 매달리는 대신 마음의 여유를 갖고 연주를 즐기게 되었다. 그는 슈베르트의 소나타 중 한 곡을 3분의 1까지 마스터하는 데 성공했다. 나머지 3분의 2 역시 조만간 마스터할 예정이다. 피아노 선생님은 그의 빠른 발전에 매우 흡족해했다. 틸만은 소리가 좋은 피아노를 조만간 한 대 장만해야겠다고 결심했다.

이제 틸만은 책도 읽기 시작했다. 그 전까지는 읽은 책이 손가락에 꼽을 정도였는데도 그걸 결핍으로 느끼지 못했다. 부모님의 집 거실 선반에는 연애소설 세 권과 범죄소설 네 권이 있었는데, 집에 있는 책이라고는 그게 다였다. 물론 그것조차 읽지 않았다. 틸만의 어머니는 여가시간이 생겨도 독서를 해야겠다는 생각은 해본 적이 없었다. 그녀에게 독서는 쓸데없이 피곤하기만 한 일이었다.

어머니가 책에 앉은 먼지를 털어낼 때를 제외하고 틸만은 집에서 누군가 손에 책을 들고 있는 모습을 본 적이 한 번도 없었다. 그래도 저녁에 한 시간가량 소파에 앉아 신문을 읽는 아버지는 그나마 나은 편이었다. 어릴 때 틸만은 그런 아버지의 모습을 보면서 시커멓고 굵은 헤드라인에 벌거벗은 여자들 사진이 잔뜩 실려 있는 신문을 어쩌면 저렇게 정신을 집중해서 읽을 수 있는지 놀라곤 했다.

그때의 기억을 떠올리면 틸만은 자동적으로 수치심이 올라와 얼굴이 붉어졌다. 그게 제 인생에서 제일 취약한 부분이라는 것을 깨달았기 때문이다. 시커먼 구멍이 아가리를 떡 하니 벌리고 계속 그에게 신호를 보냈는데도 어찌 그걸 알아차리지 못했을까. 남자가 스무 살이 넘도록 책을 거의 접해보지 못했다는 사실이 부끄러워 미칠 지경이었다. 이렇게 된 건 자신의 책임이 아니라고 변명이라도 할 법했지만 틸만은 구차스런 변명 뒤로 도망치지 않았다. 그의 자존심이 그걸 허락하지 않았다. 그때부터 틸만은 피아노 연주를 배울 때와 마찬가지로 전심전력을 다해 독서에 매진했다. 퇴근 후의 긴 여가시간은 독서를 필요로 했고, 얼마 지나지 않아 독서를 거르고 지나는 날은 단 하루도 없었다.

학창시절 선생님들은 틸만에게 독서의 참맛을 알려주지는 못했다. 하지만 다행스럽게도 좋은 독서와 나쁜 독서를 구별할 수 있을 정도의 안목은 키워주었다. 그래서 어떤 방향으로 정신적인 양식을 쌓아나가야 할지, 또 어떤 식의 노력을 기울여야 할지 분명히 기억하고 있었다. 있는 줄도 몰랐던 그 옛 기억들이 이제 그의 호기심을 자극했다.

틸만은 독학자들이 갖고 있는 성실함으로 부단히 자신을 갈고 닦았다. 독서를 통한 새로운 깨달음은 그에게 행복과 용기를 가져다주었고, 예전에는 꿈도 꾸지 못했던 새로운 영역으로 그를 이끌었다. 이제 그는 즐거운 마음으로 모든 측면에서 자신을 되돌아볼 수 있게 되었다. 그러다 보면 가끔은 차라리 몰랐으면 좋았겠다 싶은 과거 자신의 실수들을 발견하고 고개를 내젓곤 했다. 예를 들면 부모님의 집 거실에 있는 일곱 권의 소설을 전혀 읽지 않은 일 같은 것 말이다.

해가 긴 여름날 저녁에는 자전거를 끌고 근교에 있는 숲으로 나가 넥카 강변을 한 바퀴 정도 돌았다. 그는 성(城) 근처에서 자전거 안장과 핸들의 높이를 높였다. 그렇게 해야 어느 정도 쾌적하게 자전거를 탈 수 있었다. 자전거를 타고 가는 그의 모습을 보고 경찰이 두 번이나 그를 멈춰 세웠다. 경찰관들은 의심이 가득한 눈길로 자전거 바퀴들을 살펴보고 몇 가지 당혹스런 질문을 한 다음 그를 보내주었다. 자전거를 탄 모습이 기이하고 위태위태해 보였지만 그 비슷한 것도 본 적이 없어서 어떤 규정을 들어 단속해야 할지 몰라 차라리 그냥 묵인하기로 한 것이다.

거의 은둔에 가까운 단조로운 생활은 갈수록 틸만을 사람들로부터 멀어지게 만들었다. 이 친구 저 친구의 생일파티에 참석하고, 각종 파티를 따라다니던 시간들은 이제 까마득한 옛일이 되어버렸다. 아비투어 시험을 치른 김나지움 동창생들은 다른 도시에 있는 대학으로 진학했으며, 대부분은 벌써 결혼을 해서 첫 아이까지 얻었다. 그러다 보니 자연스레 그들과의 연락이 끊어졌다.

마지막으로 커피를 함께 마신 날 이후로 프란치는 한 번도 보지 못했다. 이따금 길거리에서 프란치의 남자친구들을 우연히 만나 몇 마디 인사말을 나누기는 했지만 그럴 때에도 프란치의 근황에 대해 물어보고 싶은 생각은 전혀 없었다.

회계학원을 함께 다닌 사람들은 그에게는 이방인으로 남아 있었다. 그들과는 공통의 관심사나 취미가 전혀 없었다. 틸만의 눈에 그들은 색깔도 없고 윤곽도 없는 그런 사람들이었다. 그들이 가진 유일한 장점은 타고난 숫자감각이었다. 하지만 그걸로는 기껏해야 다른 사람들의 회계장부를 기록하는 것밖에 할 수 없었다.

그 밖의 사람들과의 교류 역시 쉽지 않았다. 가구공장의 동료들, 살고 있는 아파트의 이웃주민들, 날마다 이런저런 일로 부딪쳐야 하는 업체 사람들 말이다. 틸만을 보고 있으면 그들은 기형적인 육체를 가진 비정상적 인간을 마주하고 있다는 생각에서 단 한순간도 벗어나지 못했다. 또한 그런 자신들의 생각이 표정에 고스란히 드러나고 있다는 것을 깨닫고 속내를 들킨 것에 수치심을 느꼈다. 그리고 그게 오히려 상황을 더 악화시켰다. 물론 그중에는 키가 큰 게 뭐 대수이겠느냐, 나는 그런 사소한 일에 조금도 신경 쓰지 않는다면서 뻔뻔스럽게 너스레를 떠는 사람들도 있었다. 하지만 마치 틸만에게 엄청난 선심이라도 쓰는 듯한 그들의 과장된 너스레는 가식이라는 게 너무

티가 났다.

어느 날 초저녁에 틸만이 숲으로 산책을 나간 적이 있었다. 석양빛 속에서 노파 한 사람이 맞은편에서 걸어오고 있었다. 다리가 불편한지 지팡이에 의지해 아주 천천히 걸음을 떼었다. 그런데 그 노파가 나무들 사이로 어렴풋이 틸만의 실루엣을 알아차렸을 때 걸음을 멈추고 거의 넋이 나간 얼굴로 그를 올려다보았다. 아주 위험한 악령이라도 본 것 같은 표정이었다. 노파는 곧바로 뒤돌아서서 최대한의 속도로 그 자리에서 달아나려 했다. 하지만 비틀거리며 몇 발자국 안 가서 나무뿌리에 걸려 그대로 넘어지고 말았다. 틸만은 즉시 노파 곁으로 다가갔고, 쓰러진 노파를 일으켜 세우기 위해 상체를 앞으로 숙이고 손을 내밀었다. 하지만 노파는 세상에서 제일 끔찍한 괴물을 보았다는 듯이 겁먹은 표정으로 신음소리만 흘리면서 두 손으로 얼굴을 가렸다.

"괜찮으세요?" 틸만이 물었다. "저는 나쁜 사람이 아닙니다! 자, 보세요. 저는 다만 도움을 드리려는 것뿐입니다."

하지만 노파는 다시 한 번 더 크게 신음소리를 내뱉고는 마치 괴물로부터 자신을 방어하려는 것처럼 허공을 향해 두 손을 휘둘렀다.

틸만은 당혹감을 감추지 못하고 팔을 내린 채 그대로 노파

옆에 서 있었다. 쓰러질 때 무릎이 까져 피가 흐르는 노파는 당연히 그의 도움이 필요했다. 게다가 넘어질 때 떨어진 안경은 알이 깨진 상태였다. 하지만 틸만이 계속 곁에 머무르면서 노파를 일으켜 세우려 한다면 어쩌면 노파는 심장마비를 일으킬지도 모른다.

"괜찮으세요?!"

그가 다시 한 번 물었다. 하지만 그 질문은 틸만의 발자국 소리에 놀란 노파의 흐느낌 소리에 완전히 묻혀버렸다. 틸만은 땅바닥에서 안경을 집어 노파의 손에 쥐어주었다. 그리고는 저로 인한 노파의 공포심을 해소시켜 주기 위해 어둠을 향해 걸어갔다.

2부

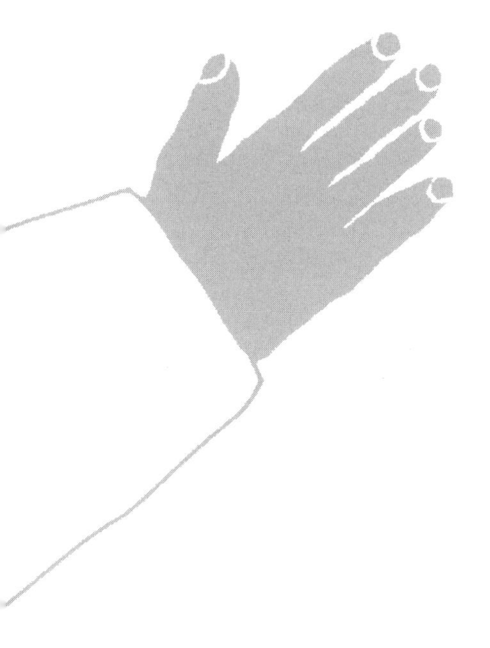

"아무리 그래도 인간의 키가……
3미터까지 자랄 수 있는 건 아니잖습니까?"

제안을 받다

틸만은 사무실에 앉아 타자기로 편지를 썼다. 틸만의 간결하고 세련된 문장력을 높이 산 트룁스틀레 사장이 근래 들어 사업상의 서신을 처리하는 업무도 맡겼기 때문이다. 그런데 타이핑을 하는 게 생각만큼 쉽지 않았다. 정확히 타이핑을 하기 위해서는 아주 섬세하게 손가락을 움직여야 하는데, 다른 부위들과 마찬가지로 손가락 역시 자꾸 커졌기 때문이다. 타이핑을 하는 동안에는 나직한 목소리로 콧노래를 흥얼거렸다. 자유로운 가락에 자신 말고는 아무도 이해하지 못하는 우울한 노랫말을 붙여서 마치 낭송하듯이…… 편지를 타이핑하는 것과 자기 내면과의 대화, 둘 사이에 그 어떤 접점도 없는 별개의 정신적인 활동이 동시에 진행되는 셈이었다.

책상 위에서 전화벨이 울렸다. 틸만은 짜증이 난 듯 눈썹을 찡그리고 한숨을 내쉬면서 수화기를 집어 들었다. 전화선 너머에서 시끄러운 소리가 윙윙거렸다. 불분명한 잡음들이 뒤섞여 있었다. 배경음으로 보아 어느 사무실에서 걸려온 전화였다.

"저는 빙클러라고 합니다! 넥카 쿠리어 출판사의 빙클러입니다. 아주 좋은 아침이네요! 혹시 틸만 뵐칭거 씨와 통화할 수 있을까요?"

"제가 뵐칭거입니다만."

"이럴 수가! 다행이다. 이렇게 쉽게 연락이 될 줄 몰랐는데. 제가 전화를 드린 이유는 다름이 아니라 뵐칭거 씨의 이야기를 기사로 좀 쓰고 싶어서요."

빙클러는 말하는 속도가 매우 빨랐다. 주변의 시끌시끌한 잡음을 이기려는 듯 목소리 톤이 상당히 높고 긴장돼 있었다. 게다가 재촉하듯 딱딱 박자를 맞추는 바람에 틸만의 귀에는 마치 '개가 멍멍 짖는 듯한' 느낌이 들었다.

"제 이야기라고요? 대체 그게 무슨 말씀이죠?"

"말 그대로, 당신에 관한 이야기죠! 아침부터 저녁까지 당신의 하루일과가 어떻게 되는지 말해주면 되는 겁니다. 제가 며칠 내로 그쪽으로 찾아가도록 하겠습니다. 그래도 괜찮겠죠?

사진사도 함께 대동하고요. 사진도 몇 장 찍어야 하니까요."

틸만은 이런 식의 통화에 최적화된 아주 깍듯한 말투로 대답했다.

"무슨 연유로 저에 관한 기사를 쓰려는 건지 여쭤봐도 되겠습니까? 그럴 만한 무슨 특별한 이유가 있나요?"

"이유라고요?! 당연하죠. 빌칭거 씨가 독일에서 키가 제일 큰 사람이라는 게 이유입니다! 그보다 더 큰 이유가 어디 있나요. 이런 점이 사람들의 흥미를 끌거든요!"

틸만은 어떤 불안감이 밀려오고 심장박동마저 빨라지는 것을 느꼈다.

"미안합니다, 빙클러 씨. 그런 제안을 해주신 것은 고맙지만 유감스럽게도 저는 그 제안을 받아들일 수가 없습니다."

"네? 어째서죠? 아무 문제없을 겁니다! 분명히 약속드리는데, 기사에는 그 어떤……."

빙클러의 목소리가 점점 커졌다. 틸만이 얼굴을 찌푸리면서 마치 수화기가 구역질 유발물질이라도 되는 양 귀에서 떼어 멀찍이 앞쪽으로 내밀었다. 그리고는 마음을 진정시키기 위해 한동안 눈을 감고 몇 차례 크게 심호흡을 했다. 별로 효과도 못 본 채 그가 다시 수화기를 귀에 댔을 때 빙클러가 거의 악을 쓰다시피 외치는 소리가 들렸다.

"여보세요? 제 말 듣고 있나요, 뵐칭거 씨?"

"네."

"말씀드린 대로 지금 당장 결정할 필요는 없습니다. 다시 한 번 이 문제에 대해 찬찬히 생각해보시기 바랍니다."

"생각하고 말고 할 게 전혀 없을 것 같군요."

"좋습니다. 무슨 말인지 잘 알겠습니다. 아무래도 시간이 필요하겠죠. 2주 후에 다시 연락드리겠습니다. 그때까지 생각해보십시오. 저는 이런 쪽으로는 베테랑입니다. 제 오랜 경험으로 미루어볼 때 이런 문제에 있어서는 절대 마지막이라는 말을 해서는 안 됩니다. 좋은 하루 보내십시오, 뵐칭거 씨!"

불행과 위안의 공존

마이어-쉘베르거 교수가 마치 거울을 쳐다보는 것처럼 손가락 끝으로 자신의 머리카락을 매만졌다.

"새롭게 나타난 근본적인 변화는 전혀 없네, 빌칭거 군. 자네의 키는 지난번 상담 이후로 7센티미터가 더 자라 이제 231센티미터가 됐네. 키를 비롯해 그 밖의 검사결과들을 종합해 볼 때, 아무래도 뇌하수체 기능항진증이……."

마이어-쉘베르거 교수는 늘 하던 대로 이해할 수 없는 말을 쏟아놓았다. 그리고 설명을 끝낸 뒤 책상 위로 상체를 숙여 펜을 끼적거리며 뭔가를 기록했다. 그 사이 식은땀으로 축축해진 손으로 털만은 역시 땀으로 번들거리는 이마를 쓱 문질러 닦으면서 물었다.

“앞으로 제가 얼마나 더…… 살 수 있을까요, 교수님? 이런 식으로 키가 계속…… 자랄 수는 없을 것 같은데요. 아무리 그래도 인간의 키가…… 3미터까지 자랄 수 있는 건 아니잖습니까?”

마이어-쉘베르거 교수는 틸만의 질문을 들으면서도 메모를 중단하지 않았다. 머릿속에 들어 있는 생각들을 잊어버리기 전에 빨리 기록해놓고 싶은 듯했다. 어쩌면 환자가 제멋대로 자신의 행동을 좌지우지하는 것을 허용하고 싶지 않은 걸지도 모르겠다. 메모를 끝낸 교수가 안경을 벗어 정중하게 케이스에 넣은 다음 가운주머니에 쏙 집어넣었다. 그리고 나서야 마침내 틸만의 눈을 쳐다보았다.

“자네 말이 맞네, 뵐칭거 군. 인간의 성장은 한계가 있지. 어느 시점이 되면 신체가 더 이상 자랄 수 없는 최대치에 이르게 되네. 하지만 전에도 말했다시피 자네의 성장은 언제든지 중단될 수 있네.”

“네…… 하지만 이럴 경우에는 어떻게 되는 거죠? 만약…… 만약에 제 키가 계속 성장을 멈추지 않으면요?”

“자네 같은 경우는 극히 드문 케이스라서 뭐라 말하기가 힘드네. 과도한 성장이 인간의 수명에 어떤 영향을 미치는지 확실하게 밝혀져 있지 않거든. 현재까지 보고된 사례들을 보면 환자들 수명이 그리 길지 않았던 게 사실이네. 하지만 그건 개개인의 조건에 크게 좌우된다네."

마이어-쉘베르거 교수는 최대한 틸만의 사기를 꺾지 않으려고 애써 평온한 표정을 유지했다.

"일단 자네는 체력이 튼튼한 게 장점이네, 빌칭거 군. 아주 건장한 체격이란 뜻일세. 지금으로서는 그게 아주 중요한 역할을 하거든. 게다가 자네의 경우, 지금까지 특별한 문제점이나 기능장애가 나타나지 않았네. 전부터 계속 물어보고 싶었던 건데, 자네 혹시 관절에 통증을 느낀 적 없나? 예를 들어 무릎 관절? 혹시 등이 아팠던 적은 없었나?"

틸만은 마이어-쉘베르거 교수의 설명들을 차분하게 들어 넘겼다. 자신의 수명이 그리 길지 않을 가능성을 이미 여러 번 머릿속으로 생각해본 것이 지금 이 순간 큰 도움이 되었다. 그 덕분에 교수의 말이 마른하늘에 날벼락처럼 엄청난 충격으로 다가오지는 않았다. 이미 마음속으로 두려워하던 일들이 명확해지는 순간에 대해 마음의 준비를 단단히 하고 있었다. 게다가 불행에 관한 한 그는 초보자가 아니었다. 종종 농담처럼 스스로에게 말했다시피 그는 우울한 인생을 충분히 견뎌낼 수 있을 만큼의 노련함이 있었고, 불행들을 차분하고 평온하게 갖고 놀 수 있는 요령도 상당히 늘었다.

기본적으로 그는 자신이 곧 죽게 될 거라는 사실 자체를 믿지 않기로 했다. 마음속에서 일종의 반항심 같은 것이 꿈틀거렸던 것이다. 그는 자신을 짓누르는 모든 불길한 가능성들에 강력하게 저항했다. 그는 아직 젊었다. 이제 겨우 20대 초반에 무슨 죽음이란 말인가. 그래서 그는 죽음을 아예 아주 멀고 먼 훗날의 일로 치부해버렸다. 오랫동안 그에게 아무런 해도 끼칠 수 없는 일, 수십 년 뒤에야 어떤 영향을 끼칠 수 있을까 말까 한 그런 일로 말이다. 그는 강인한 의지로 이런 생각을 꿋꿋이 견지했다. 이제까지 해본 것도 별로 많지 않은데 살날이 얼마 안 남았다는 것은 도저히 받아들일 수 없는 일이었다.

문득 수많은 사람들 중에 왜 하필이면 자신이 이런 무서운 질병을 앓게 되었을까, 왜 내가 이런 악의적인 운명에 휘말려야 하는 걸까 하는 자괴감에 빠지곤 했다. 이건 마치 범죄를 저지른 적도 없는데 처벌을 받는 것이나 마찬가지였다. 지금까지 살아오면서 그는 그 어떤 죄도 저지르지 않았다. 그건 결코 쉬운 일이 아니었다. 그런데도 이런 무자비한 우연의 희생자가 되었다는 사실이 기가 막힐 따름이었다.

하지만 틸만은 자꾸 그런 생각에 빠지지 않도록 마음을 다잡았다. 질병에 시달리다 보면 누구나 어린아이처럼 엄살을 부리는 법이다. “하필이면 왜 내가?”라는 질문이 저절로 나오는 것이다. 이틀이면 자리에서 훌훌 털고 일어날 수 있는 가벼운 코감기에 걸린 사람조차 불편함을 호소하지 않던가. 하지만 질병이란 그냥 우연히 생겨난 불행의 하나일 뿐, 그 이상은 절대 아니다. 물론 불행은 끔찍할 수 있다. 하지만 그건 사소한 일이다. 그런 사소한 일 때문에 피해의식과 자기연민에 젖어 허우적거리며 눈물바람을 하는 것은 그의 적성이 아니었다.

병원에 다녀온 뒤에도 틸만은 아무 일도 없었던 것처럼 평소대로 차분하게 일상생활을 계속했다. 먼저 가구공장에 출근해 8시간을 일한 뒤, 퇴근하고 집에 돌아와서는 지루한 경리 일에서 얻지 못한 즐거움을 다른 것에서 찾았다. 그에게 있어 직장생활은 진짜로 하고 싶은 일을 하기 위한 일종의 도움닫기로, 그걸 할 수 있는 힘을 비축하는 단계였다.

퇴근 후 그의 첫 번째 일과는 피아노 연주였다. 피아노 앞에만 앉으면 그는 세상일을 전부 잊고 완전히 연주에만 몰입했다. 간혹 머리가 멍해지거나 이웃사람들이 소리를 좀 줄여달라는 뜻으로 벽을 톡톡 두드리지 않았다면 아마 밤새도록 연주만 했을 것이다. 피아노 연주가 끝나면 독서를 했다. 이제 그는 나름대로 계획을 세워 체계적인 독서를 했다. 그런데 의욕이 너무 앞서는 바람에 한꺼번에 너무 많은 양의 독서를 하다가 몸에 무리가 오기도 했다. 늦게 배운 도둑질에 날 새는 줄 모른다고, 그는 오랜 세월 놓쳤던 것들을 최대한 빨리 따라잡고 싶어 욕심을 냈다.

특히 그의 마음을 사로잡은 것은 바로 소설이었다. 소설 속 이야기들을 통해서 그는 다른 인생들을 체험할 수 있었다. 틸만은 자신이 소설 속 이야기들을 통해서 무언가 보상받고 있다는 것을 깨달았다. 어쩔 수 없이 사람들과 교류하지 않고 살게 된 이후 처음으로 그는 소설 속에 나오는 아름답고 고상한 삶을 모방함으로써 자신의 비참한 삶을 위로하고 싶은 소망이 싹텄고, 시간이 흐를수록 그 열망은 더 커졌다. 어쩔 수 없이 택하게 된 은둔생활, 어쩔 수 없이 포기할 수밖에 없었던 것들, 평생 질병을 안고 살아가야 할 어둡고 쓸쓸한 인생. 이 모든 것들이 예전에 그에게 허락되지 않았던 즐거움들에 더 예민하게 반응하도록 만들었다.

그에게 위안이 되고, 또 그가 겪은 숱한 불행들에 대해 해독제 역할을 하는 즐거움들 중에는 깍듯한 예의범절도 포함되어 있었다. 물론 오래 전부터 이미 틸만은 부모님을 비롯해 주변사람 누구한테나 공손하고 친절하게 대했다. 그는 이제 그런 태도를 좀 더 향상시킬 생각으로 아직까지 몸에 남아 있던 투박하고 거친 말투나 태도 등을 완전히 버리고자 하였다. 그는 기와장이들을 비롯해 육체노동을 하는 사람들이 흔히 보여주는 거칠고 매너 없는 언행에서 완벽하게 벗어나고 싶었다. 육체는 비록 괴물 같은 모습으로 평생을 살아가야 할 운명을 타고났지만 적어도 예의범절로는 사람들의 마음을 얻고 싶었다. 그래야만 외모로 인한 사람들의 거부감을 조금이나마 완화시킬 수 있을 것 같았다.

예의범절을 익히는 일환으로 그는 사투리 억양을 버리고 점잖은 표준 독일어를 구사하고자 노력했다. 거기에 독서가 큰 도움이 되었다. 단순하고 거칠고 무례한 독일어는 지양하고 보다 엄격한 잣대로 언어 사용에 신중을 기했다. 올바른 언어 구사가 즐거움이 될 수도 있다는 사실을 깨달았다. 다만 어찌 그것을 이 나이에 들어서야 깨달았는지 놀라울 따름이었다. 늘 흥얼거리던 노랫말에 섞여 있는, 단 한 번도 이상하다고 생각해본 적 없었던 몇 마디 슈바벤 사투리조차 그는 그냥 넘기지 않았다. 몇 달에 걸쳐 인내심을 갖고 꾸준히 연습한 끝에 그는 결국 남부독일의 사투리 억양을 거의 극복하고 꽤 그럴 듯하게 표준 독일어를 구사할 수 있게 되었다.

옷도 문제가 됐다. 틸만은 몇 년 전부터 어머니가 직접 만들어주는 옷만을 입어 왔다. 지금까지는 옷 같은 데 별로 의미를 두지 않았기 때문에 어머니의 재봉틀에서 만들어져 나오는 것을 거의 타박하지 않고 그대로 입었다. 그런데 요즘 들어 옷을 보는 틸만의 눈이 조금 까다로워졌다. 어머니가 만들어준 옷들 중에는 간혹 디자인이 너무 고루하고 유행에 뒤떨어진 것들이 있었는데, 길에서 만난 사람들이 그를 향해 보여주는 어색한 미소가 어쩌면 틸만 자신보다 옷 때문이 아닐까 하는 생각이 문득 들었던 것이다. 바지의 통이나 셔츠의 깃 모양에 뭔가 문제가 있는 것 같았다.

결국 틸만은 자신이 직접 디자인한 콤비 상의를 세 벌이나 만들어 달라고 어머니에게 요청했다. 그리곤 출근할 때마다 번갈아가면서 입었다. 그걸 입고 있으면 사무실에서 일할 때 저절로 입 꼬리가 올라갔다. 또 산책용으로 최신 유행의 코트 한 벌과 경조사 때 입을 예복으로 감색 정장도 한 벌 부탁드렸다. 물론 옷감을 비롯해 그의 체형으로 인한 단점을 보완해줄 수 있는 디자인에 대한 구체적인 요구사항들을 사전에 어머니에게 알려주었다. 단번에 모든 요구사항들이 다 충족되지는 않아서 몇 번에 걸쳐 수선을 해야만 했다.

그런데 안타깝게도 수차례에 걸친 수선을 통해 마음에 드는 옷을 만들었다 해도 그 기쁨은 오래가지 못했다. 몇 달만 지나면 다시 소매와 바지 기장이 너무 짧아졌기 때문이다. 결국 해결책은 어머니가 짧은 간격으로 계속 새 옷을 만드는 수밖에 없었다. 물론 이건 커다란 낭비였다. 게다가 못 입게 된 옷을 물려줄 만한 사람도 전혀 없었다. 하지만 도리가 없었다. 틸만은 여러 가지 정황을 고려해 이 정도 이기심은 그냥 용인하기로 했다.

낡은 고치

트룁스틀레 사장이 현역에서 물러났다. 후임 사장은 젊고 활동적인 남자로, 사업가로서의 야망이 큰 사람이었다. 그는 현재의 가구공장이 기분 좋게 미소를 지으면서 고개만 끄덕이고 있을 만큼 한가한 상황이 아니라고 판단하였다. 아니, 뒷목을 잡고 뒤로 넘어갈 만큼 심각한 위기에 처해 있다고 진단한 뒤 이에 대한 해결책을 찾아야 한다고 생각했다.

그가 제일 큰 문제로 지적한 것은 바로 덩치가 산만 한 거인이 경리 일을 맡고 있다는 사실이었다. 타이핑하는 것도 힘들어 보이는데, 키가 얼마나 되느냐고 물었더니 너무도 솔직하게 아직도 성장이 끝나지 않았다는 대답이 돌아왔다. 이를 듣고 어찌 기함하지 않을 수 있겠는가. 새로운 사장은 단 1초의 망설임도 없이 즉시 틸만을 해고했다.

틸만은 재취업을 위해 몇 주 동안 신문의 구인광고를 훑어보았다. 그리고 나골츠하우젠에 국한시키지 않고 인근에 있는, 혹은 더 멀리 떨어진 도시들의 회사에까지 면접을 보러 다녔다. 하지만 그를 받아주는 회사는 단 한 곳도 없었다. 틸만 본인도 채용될 거라는 기대를 거의 안 했다. 어느새 키는 237센티미터까지 자랐고, 면접을 볼 때마다 긴장한 나머지 말까지 버벅거렸으니 누가 그런 사람을 채용하겠는가.

처음 기와장이 일을 그만두기로 결심했을 때처럼 틸만은 이제 앞으로 경리 일 말고 무슨 일을 하면 좋을까 고민했다. 특수한 신체조건이 걸림돌이 되지 않으면서 정신적으로도 견뎌낼 수 있을 만한 일이어야 했다. 하지만 아무리 궁리를 거듭해도 답이 안 보였다. 머릿속이 온통 뒤죽박죽이었다. 매일 밤 침대에 누워 답을 찾아보았지만 해결책이 안 보였다.

이 넓은 세상에 정말 그가 할 수 있는 일이 하나도 없단 말인가. 뭐 대단한 일자리를 찾는 것도 아니었다. 어딘가에 작은 도움이라도 주면서 그럭저럭 생계를 해결할 수 있으면 되는데, 정말 그런 작은 욕심조차 내면 안 되는 것인가. 얼마나 어렵게 버티면서 여기까지 왔는데, 여기가 정녕 끝이란 말인가. 그가 운전면허증을 딸 수 없다는 것을 알게 되자 프란치는 그를 떠났다. 기와장이 일도 나름 최선을 다했으나 끝장을 보지 못했다. 키 때문에 징병검사에서도 탈락했다. 그리고 사람들은 그에게 사무실에서 장부에 숫자를 기입하는 능력조차 없다고 단정 지었다.

틸만은 이제 혼자 살고 있는 작은 임대아파트의 월세조차 감당하기 힘들었다. 저축해둔 돈이 조금 남아 있기는 하지만 그걸 쓸 수는 없었다. 아무 일도 안 하고 혼자 여기 살면서 저축해둔 돈을 야금야금 빼 쓰는 것은 낭비요 사치였다. 게다가 하루 온종일 집에 혼자 머무는 건 정신건강에도 좋을 게 전혀 없었다. 외로움과 싸우면서 책과 레코드판만 끼고 있으면 심리적인 압박감과 우울증만 더 심해질 게 불 보듯 뻔했다. 결국 틸만은 결심했다. 이 집을 포기하고 부모님의 집으로 다시 들어가기로.

예전에 그가 쓰던 다락방은 그 동안 창고로 사용되었는데, 이번에 다시 그를 위해 깨끗이 비워놓았다. 처음 다락방의 문을 열었을 때 틸만은 마치 그 동안 이곳의 시간이 정지되었던 것은 아닌가 싶은 느낌이 들어 놀라웠다. 벽에는 그가 아주 어렸을 때 발랐던 알록달록하고 유치한 무늬의 벽지가 그대로 붙어 있었다. 그 방의 모든 것은, 이제 어른이 되어 되돌아온 남자의 인생이 앞으로 어떻게 될지 끝까지 지켜보겠다는 듯 그를 향해 음흉한 미소를 짓고 있었다.

늘 그랬듯이 방 안 공기는 여전히 탁했고 퀴퀴한 냄새가 섞여 있었다. 바닥에 깔린 갈색 리놀륨 장판에서 퍼져 나온 냄새였는데 아마도 부패가 진행되고 있는 건지 그 사이에 냄새가 더 역해져 있었다. 구역질이 날 것 같았다. 천장에는 어릴 적부터 있던 둥그런 우윳빛 알전구가 그대로 매달려 있었다. 한때는 그 알전구가 공중에서 마구 흔들리는 것을 보면서 비밀에 가득 찬 행성이라고 생각하기도 했다. 하지만 지금은 자칫 머리를 잘못 움직이다가 알전구에 부딪쳐 찰과상이라도 입을세라 조심스레 피해야 했다.

틸만은 마치 오래 전 변태 과정에서 벗어버렸던 낡은 고치 속으로 다시 들어가는 기분이 들었다. 자기 몸에 비해 크기가 너무 작아져버려 그 안에 다시 들어가려면 몸을 잔뜩 웅크려야만 하는 그런 고치.

어머니는 틸만이 다시 집으로 돌아오게 된 것을 몹시 안타까워했다. 아들의 인생이 비참해진 것은 자신의 인생이 비참해진 것이나 마찬가지였다. 또한 그게 전부 자신의 탓인 것만 같아 마음이 더 심란하고 무거웠다. 그래서 오히려 지나치다 싶을 만큼 틸만이 집에서 마음 편히 지낼 수 있도록 신경을 썼다.

그리고 사소한 것까지 가능하면 전부 아들한테 맞추려고 했다. 점심과 저녁식사도 주로 틸만의 입맛을 고려한 메뉴로 준비했다. 아들의 머리도 직접 깎아주었다. 미용실에 가면 불편한 의자에 삐딱하게 앉아야 할 뿐만 아니라 미용사가 사다리에 올라가 머리를 깎아야 할 것이다. 그렇게 되면 틸만의 마음이 편치 않을 것임은 당연한 일이다.

그리고 틸만이 방을 비울 때를 노렸다가 15분 안에 후다닥 방 청소를 해주었다. 틸만은 가끔 완곡하게 그럴 필요 없다고 어머니를 말려보았지만, 대부분은 그냥 어머니가 하는 대로 그냥 내버려두었다. 아들을 위해 뭔가를 해줄 때 어머니의 마음이 더 편해진다는 것을 알고 있었기 때문이다. 그래서 그는 최대한 어머니의 보살핌을 받는 것에 익숙해지려고 애썼다. 틸만에게 있어 자기 마음대로 식사를 하거나 이발하는 것보다 더 중요한 것은 바로 어머니의 심기를 편하게 해주는 일이었다.

그런데 어머니는 건강이 별로 좋지 않았다. 호흡이 거칠어진 지는 벌써 꽤 됐는데, 가족들은 어느 누구도 그걸 심각하게 생각하지 않았다. 다들 그냥 비만으로 인한 증세일 거라고 지레 짐작했고, 심지어 어떤 때는 농담의 소재로 써먹기도 했다. 하지만 지금은 누가 봐도 확실한 천식 증세였고, 가족들은 걱정이 이만저만이 아니었다. 어머니는 몸무게가 너무 많이 나가서 그런지 집 안에서도 걸어 다닐 때 발을 질질 끌면서 걸었다. 청소를 하기 위해 틸만의 방을 찾았을 때는 열린 창문 앞에서 한참 동안 두 팔을 벌리고 크게 심호흡을 한 뒤에야 비로소 청소를 시작했다.

아버지는 거의 화병이 날 지경이었다. 그리고 마치 당연한 권리인 양 화를 전부 가족들에게 풀었다. 틸만이 다시 집으로 들어온 지 벌써 여러 달이 지났음에도 불구하고 아버지는 아직 이런 상황을 인정하지 못했다. 아들에게 연민을 못 느끼는 건 아니었지만 울화통을 제어할 만큼 강한 연민은 아니었다. 되도록이면 아들의 얼굴을 안 보려고 했고, 혹시 부딪치게 되면 침통한 표정으로 아무 말 없이 그냥 쳐다보았다. 아들이 실업자가 되었을 뿐만 아니라 남한테 내세울 만한 게 하나도 없다는 사실이 그의 화를 돋우었다. 비록 성장에 문제가 있기는 하지만 일자리를 찾을 생각도 않고 난방이 잘 되는 따뜻한 방에서 삼시세끼 어머니가 해주는 밥을 받아 먹으면서 태평하게 빈둥거리는 아들의 모습을 도무지 그냥 봐줄 수가 없었다.

틸만은 아버지의 화를 돋우지 않기 위해 가능하면 얼굴을 마주치지 않도록 조심했다. 그는 당당하게 부모님과 함께 사는 아들이 아니라, 어떻게든 자신의 존재를 숨기려고 애쓰는 손님처럼 굴었다. 걸음걸이조차 조심스러웠다. 방음이 잘 안 되는 집이라 혹시라도 마루가 삐걱거리는 소리가 들릴까봐 까치발을 하고서 마룻바닥을 걸어간 적도 많았다. 피아노 연주는 아버지가 외출했을 때만 가능했다. 그리고 가끔 아버지 사무실에 나가 어머니 대신 전화를 받거나 서류나 서신을 작성하는 일을 거들었다. 하지만 어머니는 그걸 별로 달가워하지 않았다. 병든 아들을 부려 먹는 것 같아 마음이 편치 않았기 때문이다. 일이 덜어져 편해진 것보다 마음의 부담이 곱절은 더 커졌다.

이제 아버지에게 남은 유일한 기쁨은 딸인 지모네였다. 지모네 누나는 2년 전 보험회사 간부인 클라우스-디터라는 남자와 결혼했고, 첫 아이의 출산을 앞두고 있었다. 그들 부부는 나골츠하우젠에서 가장 아름다운 동네에 있는 크고 비싼 아파트에서 살았다. 그리고 여름마다 3주 일정으로 그란 카나리아 섬으로 휴가를 다녀왔다. 컨버터블 자동차를 타고서 말이다. 자동차 이야기만 나왔다 하면 아버지 입에서 감탄의 말이 절로 흘러나왔다.

"여보게들, 그게 얼마나 비싼 자동차인 줄 아나?"

지모네 부부는 세상에서 부러울 게 하나도 없는 완벽한 삶을 살고 있었다. 지모네는 뵐칭거 가문 사람들을 통틀어 가장 능력 있는 사람, 또 미래가 가장 창창한 사람으로 통했다.

또 한 번의 제안

초인종이 울리자 어머니가 나가서 현관문을 열었다. 문 앞에 실제보다 더 나이 들어 보이는 중년남자가 서 있었다. 콧수염을 길렀으나 제대로 손질을 안 해서 삐죽삐죽 지저분했다. 남자가 친숙한 척 얼굴에 과도한 미소를 지으며 현관문 문턱 위로 슬쩍 발을 걸쳤다. 자신을 보자마자 현관문을 재빨리 닫을 거라는 사실을 이미 짐작하고 있는 듯했다.

"오늘 날씨 한번 정말 좋네요! 저는 파일러라고 합니다. 〈베를리너 엑스프레스〉 지의 기자입니다. 빌칭거 부인 되시죠?"

"네…… 그런데요."

"이렇게 만나뵙게 되어 반갑습니다! 아드님과는 이미 알고 있는 사이입니다. 틸만 씨 말입니다. 저는 오늘 아드님과 약속이 있어서 찾아왔습니다."

어머니가 어리둥절한 표정으로 남자를 쳐다보았다. 낯선 남자와 몇 마디 간단한 말을 주고받았는데도 벌써 진땀이 났다. 아들로부터 오늘 손님이 찾아올 거라는 이야기를 들은 적이 없었다. 물론 이 남자의 말을 믿지도 않았다. 지금까지 살면서 틸만을 찾아온 손님은 단 한 번도 없었다. 그래서 그녀는 아무 말 없이 그냥 꽃무늬 블라우스의 단추만 만지작거렸다. 파일러는 그 틈을 이용해 당연하다는 듯이 그녀 옆을 지나 현관문 안으로 들어섰다.

"저는 나골츠하우젠 방문이 오늘 처음입니다. 축하드립니다, 이렇게 아름다운 도시에 사시는 것을! 정말 보석 같이 아름다운 도시로군요. 혹시 제가 찾아온 거 아드님이 알고 있나요? 부탁인데, 아드님께 제가 왔다고 좀 전해주시겠습니까?"

"틸만은 2층 제 방에 있어요."

"아, 네. 그렇군요! 그럼 제가 거기로 올라가봐도 될까요?"

"아뇨, 그건 안 돼요……. 잠깐만 여기서 기다리세요. 내가 데려오도록 하죠."

"그래주시면 고맙겠습니다."

잠시 뒤 틸만이 계단을 내려왔다. 어리둥절하고 짜증이 난 얼굴이었다. 침대에 누워 헤드폰을 끼고 차이코프스키의 음악을 듣던 중 방해를 받았기 때문이다. 그런데 파일러의 모습이 안 보였다. 그를 찾아 주위를 둘러보았다. 현관 옆에 있는 부엌도 힐끗 쳐다보고 심지어 현관문을 열고 바깥도 내다보았다. 그러고 나서 거실로 들어서니 떡갈나무 장식장 앞에 파일러가 서 있는 게 보였다. 그는 뻔뻔하기 짝이 없는 표정으로 손에 수첩을 들고 거실을 둘러보고 있었다.

"안녕하세요, 뵐칭거 씨! 〈엑스프레스〉 신문사의 파일러 기자입니다! 만나서 반갑습니다!"

기자가 악수를 청하자 틸만이 어리둥절한 상태에서도 다정하게 응해주었다.

"어머니한테 우리가 사전에 약속을 했다고 말씀하셨다던데, 어떻게 된 일이죠?"

"네, 그렇게 말씀드렸습니다."

"하지만 유감스럽게도 저는 전혀 모르는 사실입니다."

"정말이요? 그럴 리가 없을 텐데요! 저희 직원이 당신한테 연락하지 않았나요?"

절대 그럴 리가 없다는 듯 능청을 떨면서 파일러가 고개를 저었다.

"이게 이렇게 된 건지 모르겠군요. 분명히 무슨 착오가 있었을 겁니다."

파일러가 양해해 달라는 뜻으로 친밀한 척 미소를 지었다. 입 꼬리가 양쪽으로 벌어지면서 이빨이 드러났다. 그런데 이빨이 어찌나 날카롭고 튼튼해 보이던지, 일단 한번 물면 절대 놓아주지 않을 것 같았다. 틸만은 파일러의 미소를 처음 보았음에도 불구하고 이것이 그의 장기라는 것을 분명히 느낄 수 있었다.

"유감입니다, 뵐칭거 씨. 그래도 몇 분 정도는 이야기를 나눌 수 있겠지요? 전에 말했다시피 저는 당신에 관한 기사를 쓰고 싶습니다."

틸만은 계속 침묵했다.

"당신은 현재 214센티미터의 키로 독일에서 제일 키가 큰 남자입니다. 전 세계적으로 당신보다 키가 큰 사람은 딱 두 명뿐입니다. 한 명은 볼리비아에, 또 한 명은 우크라이나에 살고 있죠. 물론…… 그건 당신도 이미 알고 있을 것 같군요."

파일러의 말에 틸만이 아니라는 듯 손을 내저었다.

"언젠가 그런 이야기를 들은 것 같기는 한데, 별로 관심이 없어서 그 동안 잊고 있었습니다."

파일러가 자신의 팔을 툭툭 치며 말했다.

"〈엑스프레스〉 신문의 독자들은 거기에 관심이 아주 많습니다! 제가 알아본 바에 의하면, 이런 표현을 써도 될지 모르겠지만 볼리비아 사람과 우크라이나 사람은 이미 성장이 멈추었다고 합니다. 아마 오래지 않아 당신이 그 두 사람의 키를 넘어서게 될 겁니다. 그때는 당신이 세상에서 제일 키가 큰 남자가 되는 거죠. 그땐 분명히 엄청난 센세이션이 일어날 겁니다!"

"제 키는 어떻게 알아낸 건가요?"

"아, 그거!"

파일러의 얼굴에 다시 뿌듯한 미소가 떠올랐다. 지난 며칠 동안, 아니 어쩌면 지난 몇 년 동안 제대로 잠을 못 잔 사람처럼 퀭하고 퉁퉁 부은 그의 두 눈이 의미심장하게 반짝거렸다.

"제가 그걸 어떻게 알아냈느냐 하는 것은 작은 비밀로 남겨두도록 하죠. 〈베를리너 엑스프레스〉 신문에는 온갖 제보가 쇄도합니다. 이래 봬도 우리가 독자들한테 꽤 사랑받는 신문사거든요. ……하지만 저는 당신에 대해 더 많은 것을 알고 싶어 이렇게 찾아왔습니다. 예를 들면 지금까지의 인생은 어땠는지, 아침부터 저녁까지 하루일과는 어떻게 되는지, 당신은 이 집 2층에 살고 있다고 어머님이 말씀하시던데…… 혹시 당신 피아노가 거기 있나요? 당신은 아주 열정적인 음악가라는 소문이 자자하더군요. 주로 무슨 곡을 연주합니까? 재즈? 클래식?"

털만이 상체를 앞으로 살짝 숙인 뒤—그 정도 동작만으로도 상당히 위압적으로 보였다—고개를 내저었다.

"제 인생에 이렇게 큰 관심을 보여주는 것은 고맙습니다. 하지만 별로 대답하고 싶지는 않군요."

"왜죠?"

"이건 어디까지나 저와 제 가족에 관련된 사생활이니까요. 사생활이 신문에 실리는 건 별로 내키지 않습니다."

"아, 네. 당연히 그러시겠죠. 충분히 이해합니다."

파일러가 거실을 몇 발자국 돌아다녔다. 맨 먼저 그의 시선이 커튼에 닿았다. 이미 오래 전에 수명이 다해 낡고 해진 커튼이었다. 그런 다음 커튼만큼이나 오래된, 옅은 갈색의 비로드 천을 씌운 소파 쪽으로 다가가 손바닥으로 탁탁 두드려보았다.

"제 말을 한번 들어보세요, 뵐칭거 씨. 〈엑스프레스〉 신문사는 당신의 이야기를 싣는 대가로 소정의 사례금을 지불할 예정입니다. 그건 당신한테도 별로 나쁘지 않을 겁니다. 아시다시피 그런 기사는 일단 나가게 되면 보통 후속기사가 시리즈로 이어지거든요. 그렇게 해서 일단 당신이 유명세를 타게 되면 다른 곳에서도 돈을 벌 수 있습니다. 그것도 꽤 큰 목돈을! 혹시 지금 하는 일이 있나요? 직업 말입니다."

"아뇨."

"아하! 그럴 줄 알았습니다. 그렇다면 더더욱 이번 일이 당신한테 나쁘지 않을 것 같은데…….”

“제발 부탁인데요, 파일러 씨. 그런 식으로 이야기하지 말아…….”

“아, 미안합니다! 절대 나쁜 뜻으로 한 말이 아닙니다.”

파일러가 명함을 꺼내 틸만의 손에 쥐어주었다.

“지금 당장 결정할 필요는 없습니다. 차분하게 이 문제에 대해 다시 한 번 생각해보십시오.”

“별로 생각해볼 이유가 없을 것 같은…….”

하지만 틸만은 말을 중단해야 했다. 파일러가 벌써 거실에서 휙 나가버렸기 때문이다. 그는 혼자서 성큼성큼 큰 걸음으로 현관문 쪽으로 향했다. 이 집의 구조는 잘 알고 있으니 안내받을 필요 없다는 듯이.

“조만간 또 봅시다! 연락드리죠!”

파일러가 자신만만한 태도로 직접 현관문을 열면서, 고개를 돌려 틸만을 힐끗 쳐다보고 말했다. 그가 다시 한 번 날카롭고 튼튼한 이빨을 다 드러내 보이며 미소를 지었다. 이 사악한 미소는 앞으로 모든 것이 자신의 예상대로 진행될 거라는 자신감의 표현이었다.

새로운 어려움들

아버지의 사업이 얼마 전부터 내리막길을 걷고 있었다. 예전에도 겨우겨우 현상을 유지하는 정도였지만 이 정도로 힘들지는 않았다.

"좋았던 시절은 이제 다 끝났어."

아버지는 툭하면 이 말을 내뱉고는, 세월의 흔적이 고스란히 남은 거칠거칠한 두 손으로 얼굴을 몇 번 쓸어내린 뒤 다부지고 둥근 어깨를 더 이상 내려갈 데가 없을 만큼 최대한 축 늘어뜨렸다.

사업이 잘 안 풀리는 정확한 이유는 알 수 없었다. 어느 날 아버지가 집안의 비참한 경제적 상황에 대해 털어놓았다. 체념

한 얼굴로 나지막하게 속삭이듯이…… 그런 다음 곧바로 경쟁업체들에 대한 비난이 이어졌다. 나골츠하우젠에는 틸만의 아버지 말고도 기와장이가 세 명 더 있었는데, 이상하게도 그들은 그럭저럭 사업체를 잘 꾸려갔다. 아버지는 그들이 괜찮은 거래처들을 부당한 방법으로 야금야금 빼앗아가고 있다고 입에 침을 튀기며 욕했다. 아버지의 일거리가 갈수록 줄어드는 게 아버지 주장대로 경쟁업체들의 못된 이간질 때문인지, 아니면 정확히 알 수 없는 '뵐칭거와 아들들'의 자체적 문제점 때문인지는 알 수 없었다.

지독히 추운 겨울이 이어졌다. 그렇게 눈이 많이 내린 것은 몇 년 만에 처음이었다. 몇 주, 아니 몇 달 내내 추위가 단 한 번도 물러서지 않았다. 3월이 됐는데도 동장군이 떡하니 버티고 서서 추위가 누그러질 기미가 전혀 없었다. 안 그래도 파산지경에 몰려 있던 아버지의 사업체는 이러한 날씨로 인해 더욱 크나큰 타격을 입었다. 이 추운 날씨에 누가 지붕공사를 하겠는가.

실의에 빠진 아버지는 이제 집에만 틀어박혀 있었다. 그리고 아침, 점심, 저녁, 하루에 세 번씩 일기예보에 귀를 기울였다. 하지만 기운을 북돋워줄 기쁜 소식은 전혀 없었다. 불쑥불쑥 치미는 울화를 달래기 위해 아버지는 아침 일찍부터 맥주잔을 손에 들었고, 한밤중에는 하루를 마감하기 위해 또 맥주잔을 들었다. 그리고 평소에 공사현장에서 '내 돈 들여 키우는 적들'에게 하던 것과 똑같이 애꿎은 아내와 아들에게 화풀이를 했다.

어느 날 아침 지모네가 집으로 찾아와, 어찌나 흥분했는지 툭툭 끊어지는 말투로 하소연을 시작했다. 아침을 먹고 있는데 느닷없이 경찰이 들이닥쳐 남편 클라우스-디터를 그 자리에서 체포해갔다는 것이다. 무슨 일로 잡혀 갔는지는 모른다고 했다. 경찰관이 배임, 문서위조 같은 말을 하기는 했는데, 너무 놀라 제대로 알아듣지 못했다는 것이다. 딸의 이야기를 듣고 아버지와 어머니는 큰 충격을 받았지만 속수무책으로 발만 동동 굴렀다. 다만 사위인 클라우스-디터에게는 아무 죄가 없을 거라고 철석같이 믿었다.

지모네는 임신 말기로 이제 며칠 후면 출산예정일이었다. 그런데 출산뿐만 아니라 경제적으로도 큰 곤경에 빠졌다. 그 동안 지모네 부부는 새 집을 한 채 짓고 있었는데, 말로는 '그냥 작은 빌라'라고 했지만 건축비가 장난 아니게 많이 드는 호화주택이었다. 그러니 어찌 그걸 감당할 수 있었겠는가.

아버지는 여기저기서 돈을 융통해보려 했으나 여의치 않았다. 안 그래도 사업체가 파산지경인데 누가 돈을 빌려주겠는가.

결국 그들은 허리띠를 졸라맬 수밖에 없었다. 일단 부모님은 오래 전부터 계획했던 보덴제 호수여행을 포기했다. 식비도 줄였다. 하지만 이건 별로 효과가 없었다. 이미 그 동안 최고로 싸고 간단한 음식 위주로 식사를 해왔었기 때문이다.

틸만은 파일러의 제안을 떠올렸다. 〈엑스프레스〉 신문을 비롯해 언론에 대한 거부감은 여전했다. 조용한 자신의 일상을 사람들 앞에서 낱낱이 공개하고 싶은 생각은 여전히 없었다. 자신의 이야기가 굵은 활자로 신문이나 잡지에 실려 수백만 명의 독자들한테 알려진다는 생각만 해도 속이 울렁거릴 지경이었다.

하지만 현재 가족들이 겪고 있는 비참한 현실을 생각하면 그런 감상에 빠져 있을 여유가 없었다. 당장 물이 턱 밑까지 차오른 상황인데 그까짓 희생이 뭐 대수란 말인가. 부모님은 오갈데 없어진 그를 다시 집에 받아주었다. 그러니 이제는 그가 부모님을 도와드려야 할 때다. 사회에 유용한 일원이 되어 살아갈 수 없다면, 또 이렇게 혼자서 외로운 인생을 살아가야 한다면, 차라리 이 괴물 같은 몸뚱어리로 벌 수 있는 작은 돈이라도 붙잡아야 하는 게 아닐까. 그건 절대 그의 영혼까지 해를 입히지는 못할 것이다. 〈엑스프레스〉 신문은 그저 그런 3류 신문이니 크게 사람들의 이목을 끌지는 못할 것이다. 틸만은 그 점이 오히려 다행이다 싶었다. 그 정도 신문이라면 크게 모욕감을 느끼거나 피해를 입지 않고서 자신을 노출시킬 수 있을 것 같았다.

파일러는 두 시간 동안 거실 소파에 앉아 틸만과 인터뷰를 했다. 같이 데려온 사진사가 사진을 찍었다. 알록달록한 앞치마를 두르고 끓고 있는 냄비 앞에 서 있는 틸만. 안락의자에 앉아 무릎에 책을 올려놓고 독서를 하고 있는 틸만. 고개를 수그린 채 그의 방 알전구 밑에 서 있는 틸만…….

"표정을 좀 진지하게 지어보세요. 너무 진지하게는 말고요. 아시겠죠?"

파일러가 말했다.

"독자들한테 당신의 삶이 그리 쉽지 않다는 것을 알려야 합니다. 그렇다고 해서 눈물을 쥐어짜는 슬픈 이야기로 끌고 갈 건 아니고요. 당신도 이해하시죠……? 욕실에서 사진 한 장만 찍어도 될까요? 네, 네. 겁먹을 필요 없어요. 그냥 손 씻는 장면을 생각한 거예요. 물론이죠. 이 집 세면대는 크기가 얼마나 되나요? 작으면 작을수록 더 좋겠는데!"

인터뷰 이후 며칠 동안 틸만은 거의 넋이 나간 사람 같았다. 몇 푼 안 되는 돈 때문에 그토록 천박한 일에 나선 자신이 너무 한심하게 느껴져 얼굴을 들 수가 없었다. 거의 30분에 한 번씩 당장 파일러에게 전화해 인터뷰 기사를 취소해달라고 말하고 싶었다. 하지만 다음 순간 인내심을 발휘해 꾹 참았다. 마음 한 구석에서는 이번 기사에 자신의 이야기가 어떻게 실렸을까 궁금하기도 했다. 신문에 자신의 이름이 실린다는 사실에 한편으로는 신경이 곤두서고 한편으로는 마음이 설렜다. 그런 감정이 부끄러웠지만 억지로 막을 수는 없었다.

인터뷰를 한 지 사흘째 되던 날 아침, 아직 틸만이 잠자리에서 일어나기도 전에 어머니가 환한 표정으로 틸만의 방으로 올라왔다. 늘 그랬듯이 노크도 없이 방문을 연 어머니가 그에게 〈엑스프레스〉 신문을 내밀었다.

"독일에서 제일 키가 큰 남자, 이렇게 산다!"

거인은 단지 동화 속에서만 나오는, 그리고 사람들한테 공포와 두려움을 불러일으키는 존재다. 하지만 243센티미터의 키를 가진 거인 틸만 W.는 우리의 현실에 존재한다. 그리고 아무도 그를 두려워할 필요가 없다. 그는 이렇게 말한다. "길을 걸어가면 사람들이 나를 손가락으로 가리키면서 낄낄거려요. 나는 늘 그게 슬펐어요." 틸만은 세상에서 세 번째로 키

가 큰 사람이다. 하지만 조만간 세상에서 키가 제일 큰 사람이 될 것이다. 스물세 살의 나이에도 불구하고 그는 아직도 계속 성장하고 있기 때문이다.
곱슬머리와 부드러운 목소리의 소유자인 이 거인은 현재 부모님과 함께 115제곱미터밖에 안 되는 단독주택에서 살고 있다. 방 안을 걸어 다닐 때 그는 가구들을 꽉 붙잡는다. "넘어지지 않으려면 이렇게 해야 돼요! 자칫 잘못해서 넘어지면 풍뎅이처럼 발랑 드러누워서 사지를 버둥거려야 하거든요."
틸만은 2년 전부터 실업자 신세다. 아무도 거인에게 일자리를 주려고 하지 않았기 때문이다. 틸만의 아버지(52세, 기와장이)는 "원래는 내가 하던 일을 물려주려고 했소. 하지만 키가 계속 자라는 바람에 그럴 수가 없었소. 바람이 세차게 불던 어느 날 지붕에서 거의 굴러떨어질 뻔했소!"라고 말했다. 그의 어머니(48세, 가정주부)는 틸만의 옷(사이즈 97)을 전부 직접 만들어줄 뿐만 아니라 아들에게 한 끼에 3인분의 식사를 만들어준다. "어머니는 나의 커다란 버팀목입니다. 그런데 현재 어머니의 건강이 매우 안 좋아요. 심각한 류머티즘을 앓고 계시죠."
틸만은 여자친구가 없다. "어떤 여자가 나처럼 키 큰 남자를 원하겠습니까?" 슬픈 거인이 깊은 한숨을 내쉬며 묻는다.

틸만은 당장 파일러에게 전화했다. 심장이 어찌나 빨리 뛰던

지 귓가에서도 자신의 심장 고동소리가 들리는 것 같았다.

"대체 무슨 생각으로 이런 기사를 내보냈습니까, 파일러 씨? 왜 제가 입에 올리지도 않은 말들이 적혀 있는 거죠? 이렇게 제 멋대로 기사를 써도 되는 건가요? 그리고 아버지의 말씀은 또 뭐죠? 우리 아버지를 만난 적도 없잖습니까!"

"미안합니다, 뵐칭거 씨! 지금은 통화를 할 수가 없는 상황이에요. 편집실이 완전히 북새통이거든요. 나중에 다시 연락해도 될까요?"

파일러가 목소리를 쫙 깔고 다급한 척하며 전화를 끊으려 했다. 수화기를 손으로 막고 있는 건지 찌지직거리는 잡음이 들렸다.

"파일러 씨, 그 기사는 처음부터 끝까지 오로지 흥미 본위로 쓰여 있습니다. 상당 부분 당신이 지어낸 내용들이고요. 이렇게 사실을 왜곡할 줄 알았으면……."

"그런 식으로 말하면 안 되죠. 취재할 때 나는 정확히 하나하나 다 메모하는 사람입니다. 내 나름의 방식으로요. 유감스럽게도 지금은 수중에 수첩이 없네요. 아무튼 당장은 통화하기가 좀 힘든 상황이라 아무래도……."

파일러가 손으로 수화기를 막았다. 멀리 떨어져 있는 누군가와 큰 소리로 몇 마디 주고받은 다음 다시 틸만에게 말했다.

"잘 들어요, 뵐칭거 씨. 만약 이 기사가 마음에 안 들면 당신이 받게 될 사례비로 위안을 삼도록 해요. 그건 그리 작은 돈이 아니니까! 이제 정말로 전화를 끊어야겠소. 조만간 다시 연락하도록 하겠소."

틸만, 유명해지다

지모네는 딸을 낳았다. 제니퍼라고 이름을 지었는데, 건강하고 혈색이 좋은데다가 몸무게도 많이 나갔다. 아이가 태어난 것은 몹시 경사스러운 일이었지만 전체적으로 집안 분위기는 무거웠다. 지모네 부부가 해왔던 '그냥 작은 빌라'의 건축이 중단되었기 때문이다. 건축주가 체포되자 공사비를 못 받을까봐 겁을 먹은 업자들이 당장 쳐들어와 공사비 지급을 요청했다. 뿐만 아니라 상황이 다급하게 돌아가자 한도를 초과하면서까지 대출을 해주었던 은행들이 준공도 안 된 집을 차압해버렸다. 결국 지모네는 나골츠하우젠에서 제일 좋은 동네에 짓던 대저택을 포기하고 다시 친정집으로 들어올 수밖에 없었다.

아버지의 사업은 갈수록 내리막길이었다. 사실은 거의 파산 지경이었으나 근근이 여름과 가을을 버텼다. 그리고 과연 이 혹한기를 넘기고 살아남을 수 있을까 하는 걱정을 안고서 겨울을 맞았다. 지모네의 남편인 클라우스-디터의 상황도 좋지 않았다. 몇 달 동안 구치소에 수감된 뒤 풀려난 그는 재판을 받았다. 시종일관 고집스레 무죄를 주장했지만 검찰 측에서 제시한 수많은 증거들로 인해 판사들은 그를 배임과 증거위조, 그리고 횡령 혐의로 3년 6개월의 징역형을 선고했다.

다만 얼마라도 가계에 보태고자 하는 마음으로 어머니는 한 정육점에서 일을 시작하셨다. 안 그래도 집안에 닥친 여러 가지 사건으로 류머티즘 증세가 더 심해진데다가 아버지 사업의 부진으로 인한 심리적인 압박감까지 더해져 어머니의 건강은 최악이었다. 그런데도 어머니는 지금 정육점의 소시지 가판대에 서 있었다.

한편 그런 와중에 수많은 신문과 잡지들이 틸만에게 관심을 보여오기 시작했다. 날이 갈수록 더 많은 기자들이 인터뷰를 하자며 수시로 집으로 전화를 걸어왔다. 하지만 이미 첫 번째 인터뷰 기사에서 너무 큰 실망과 배신감을 맛보았던 틸만은 모든 인터뷰 제안을 거절했다. 처음에 부모님은 틸만의 거절을 관대하게 이해했다. 하지만 시간이 갈수록 초조함을 숨기지 못했다. 그들은 아들이 왜 이렇게 인터뷰에 까다롭게 구는지, 돈을 벌 수 있는 이 좋은 기회를 뚜렷한 이유도 없이 왜 거절하는지 도무지 이해할 수 없다는 표정이었다.

"틸만, 우린 지금 돈 한푼이 아쉬운 처지다. 갈수록 상황이 심각해지고 있어."

아버지가 말했다.

"이건 정말 좋은 기회야. 돈도 벌고 우리한테도 좋고. 제발 자존심을 조금만 내려놓도록 해라! 엄마가 그 몸으로 날마다 정육점에 나가 뼈 빠지게 일하고 있는 게 네 눈에는 안 보이는 게냐? 이런 상황에서도 우리 귀하신 아드님은 대체 뭘 하고 있는 거지? 집에서 두꺼운 책만 끼고 빈둥거리기나 하고."

틸만은 자신이 이제 그리 오래 버티지 못할 것을 예감했다. 집안을 무겁게 짓누르고 있는 불안감, 아무 말 없이 그의 얼굴을 힐끔거리는 어머니의 안쓰러운 눈빛이 그를 괴롭혔다. 늘 그랬듯이 아버지의 비난 역시 갈수록 수위가 높아졌다. 하지만 아버지의 말이 완전히 틀린 건 아니라는 것을 그도 잘 알고 있었다. 틸만은 만약 아버지의 사업이 완전히 파산해버리면…… 앞으로 자신의 운명이 어찌될까 생각했다. 그리고 마침내 결단을 내렸다. 더 이상 이것저것 따질 계제가 아니었다.

그로부터 몇 주 동안 가판대에 깔린 거의 모든 잡지와 신문들이 '거인 틸만'에 관한 기사를 실었다. 독자들의 호기심을 부추기는 자극적인 헤드라인과 내용으로 그의 사생활이 아주 상세하게 묘사되어 있었다.

간혹 진실에 입각한 내용들도 들어 있긴 하다. 성실한 연대기 기록자의 입장에서 기자들은 틸만의 가장 최근의 신체사이즈를 제시했고, 뇌하수체 이상으로 인한 육체적, 정신적 고통에 대해 지나칠 만큼 상세하게 설명한 뒤 그의 사진들을 곁들였다. 자전거를 타는 틸만("그가 타는 자전거는 서커스 같은 데에 가야만 볼 수 있다"), 대문 앞에서 우편배달부와 이야기를 나누는 틸만("날마다 거인에게 독일 전역에서 수많은 팬레터가 쇄도하고 있다"), 피아노 앞에 앉아 있는 틸만("피아노 연주에 뛰어난 재능이 있는 거인은 모차르트와 베토벤의 곡을 가장 즐겨 연주한다")…….

이어서 텔레비전 방송국들까지 취재에 가세했다. 사람의 혼을 쏙 빼놓을 만큼 수많은 카메라맨들과 케이블 선을 나르는 사람들, 그리고 조명팀 사람들이 그의 집을 마구 휩쓸고 다녔다. 완전히 겁을 집어먹은 어머니는 당혹감을 감춘 채 애써 안주인으로서의 친절한 미소를 지으려 노력했다. 그리곤 혼잡한 사람들 사이를 돌아다니면서 커피를 제공했다. 인터뷰어는 여자였는데, 틸만과 함께 소파에 앉아 카메라가 돌아갈 때에만 얼굴에 미소를 지으면서 그에게 질문을 했다.

"자신의 몸이 정상이 아니라는 사실을 언제 처음으로 알아차렸나요?"

인기가 절정에 올랐을 때 틸만은 유아용 이유식 광고를 찍었다. 수백만 명의 시청자들이 20초 길이의 그 광고를 보았다. 햇살이 따스하게 내리쬐는 공원벤치에서 한 엄마가 행복한 미소를 지으면서 품에 안은 아기에게 작은 유리병에 든 이유식을 먹이고 있다. 다음 순간 갑자기 엄마가 고개를 들고 위를 쳐다본다. 틸만이 그들 옆으로 다가가 삼촌이 조카를 쳐다보듯 다정한 미소를 짓는다. 그리곤 아기를 향해 컴퓨터기술 덕분에 훨씬 더 길어 보이는 상체를 숙이면서 말한다.

"아가야, 맛있게 먹어라. 그래야 키도 크고 튼튼하게 무럭무럭 자랄 수 있단다!"

틸만은 드디어 나골츠하우젠의 관광안내서에도 이름이 올랐다. '저명인사들'이라는 항목 밑에 당당히. 지금까지 거긴 딱 두 명의 이름만 올라 있었다. 첫 번째 인물은 프리드리히 안톤 헤쉘베르거라는 이름의 18세기 민속학자로, 당시 슈바벤알프스 지방의 식물계에 대해 탁월한 저술을 남긴 학자였다. 두 번째 인물은 나폴레옹이다. 1805년 자신의 군대를 이끌고 뷔르템베르그 지방으로 원정을 왔던 나폴레옹은 그때 나골츠하우젠에서 하룻밤을 숙영했다. 그 사실을 입증해주는 군복 일부와 조리도구들이 오늘날까지 전해져 시청 유리진열장 속에 전시되어 있다. 그런데 틸만이 나골츠하우젠을 대표하는 세 번째 유명인사로 이름이 올라간 것이다. 적어도 그의 유명세는 단번에 프리드리히 안톤 헤켈베르거를 크게 능가했다.

이런 상황 속에서, 시장이 개최한 나골츠하우젠 신년하례식에 틸만이 초대받은 것은 당연한 일이었다. 틸만은 좋은 일이 있을 때를 대비해 어머니가 미리 만들어놓은 검은 양복을 입고 시청 대연회장에서 유명인사들 사이에 서 있었다. 시청의 고위 간부들, 중년의 판사들, 성공한 중소기업체 사장님들, 느긋하게 이 소도시에서의 자신들 명성을 즐기는 진짜 훌륭하고 정직한 사람들, 인생에 달관한 듯 고민 같은 건 전혀 없어 보이는 나이 지긋한 시골사람 등이었다.

얼마 전까지만 해도 틸만은 자신이 이렇게 많은 유명인사들과 함께 시장님의 초대를 받을 줄은 생각도 못했다. 그는 '부시장님' 혹은 '남 뷔르템베르그 생활하수협회 회장님' 같은 타이틀에 진심어린 존경을 보내는 사람이었다. 그런데 놀랍게도 그런 사람들이 모여 있는 자리에서 자신이 중심이라는 것을 깨달았다. 호기심 가득한 선량한 눈길들이 그에게 집중되었다. 배가 불룩 나온 양복 입은 신사들이 그에게 다가왔고, 억세고 거친

손들이 그의 등을 툭툭 건드렸다.

"나한테도 키가 아주 큰 조카가 하나 있네. 키가 196센티미터나 되지. 하지만 그 애도 자네 앞에 서면 땅꼬마가 되겠어!"

그 비슷한 말들이 계속 그의 귓전을 스쳐지나갔다.

틸만은 사람들이 이렇게 자신을 주목하는 이유가 뭘까 곰곰이 생각했다. 하지만 자신은 그런 주목을 받을 만한 일을 한 게 전혀 없었다. 나골츠하우젠을 위해 대체 그가 무슨 일을 했단 말인가. 그가 누리는 지금의 이 명성은 말도 안 되는 일이었다. 이런 자리에 초대받는 것만으로도 황송한데, 대연회장에서 가장 많은 주목까지 받게 되니 틸만은 다른 사람들한테 돌아가야 할 관심과 공을 꼭 자신이 가로챈 것 같은 기분이 들었다.

시장님이 축사를 시작했다. 입 주위에 사각형 형태의 수염이 둘러싸고 있는, 아주 활달하고 상냥한 분이었다. 기분 좋은 말들이 계속 이어졌다. 그런데 느닷없이 시장이 축사를 하다 말고 틸만 쪽으로 몸을 돌렸다.

"친애하는 뷜칭거 씨! '넥카 강변의 진주'라고 불리는 우리 나골츠하우젠 시는 오랫동안 관광객들에게 수많은 볼거리를 제공해 왔습니다. 하지만 이제 우리 시에 또 하나의 볼거리가 더해졌습니다. 바로 당신입니다. 나골츠하우젠은 전국적인 유명인사를 주민으로 두고 있는 것입니다. 작년에 우리 나골츠하우젠의 호텔에 투숙한 관광객이 7퍼센트나 증가했다는 기쁜 소식을 전해드립니다. 친애하는 뷜칭거 씨, 그건 상당 부분 당신 덕분임을 기꺼이 인정하는 바입니다. 나는 앞으로 더 많은 관광객이 우리 나골츠하우젠을 찾아오게 될 거라고 확신합니다. 관광안내소에서는 아마 '독일의 거인이 어디 살고 있나요?'라는 질문을 제일 먼저 듣게 될 것입니다."

이 대목에서 시장이 싱긋 웃자 대부분의 파티 참석자들 역시 동감이라는 듯 시장을 따라 만면에 미소를 지었다.

3부

"고독한 거인으로 동굴 속에서만
웅크리고 있는 건 더 이상 못 참겠어"

징후와 예감

털만은 시간이 갈수록 방 안에서 머무는 게 점점 더 힘들어졌다. 이미 오래 전부터 몸을 똑바로 세우고 걷는 것은 생각도 할 수 없었다. 서 있을 때면 고개와 어깨를 깊숙이 숙여야 하는 바람에 두 손이 거의 방바닥에 닿을 정도였다. 그리고 아침부터 저녁까지 작은 가구들에 계속 몸을 부딪쳤다. 하도 자주 부딪치다 보니, 실용적인 목적이 아니라 그의 삶을 악의적으로 괴롭히기 위해 이 가구들을 들여놓은 것 같은 기분이 들었다.

그의 방으로 올라가는 계단도 말썽이었다. 계단 너비가 너무 좁아서 도무지 발을 제대로 디딜 수가 없었다. 난간 높이 또한 너무 낮아서 자칫 넘어지기라도 하면 곧장 밑으로 추락하는 것을 막을 도리가 없다.

틸만은 그 모든 생활환경이 너무 불편해 도저히 견딜 수가 없었다. 결국 고심 끝에 정원에 자신을 위한 작은 집을 짓기로 결정했다. 일종의 오두막 같은 집이었는데, 최우선적으로 고려해야 할 것은 그의 키에 맞아야 한다는 것이었다. 적어도 그 안에서 자유롭게 움직일 수는 있어야 한다는 뜻이다. 비록 정원이 아주 크지는 않았지만 오두막을 지을 정도의 여유는 있었다. 그 동안 허리띠를 졸라매고 산 덕택에 그 정도 호사는 누릴 만했다.

새 집에서 틸만은 오랜만에 행복을 맛보았다. 스물네 시간 내내 똑바로 선 자세로 느긋하게 발걸음을 내디디면서 집 안을 돌아다닐 수 있다니! 늘 그를 따라다니던, 작은 가구들에 부딪치지 않도록 조심해야 한다는 강박증에서도 벗어났다. 그는 아무 것도 안 하고 그 자유로움을 마음껏 만끽했다. 팔을 쭉 뻗었는데도 천장에 닿지 않는 손, 고개를 바짝 치켜들고 앞뒤로 마음껏 팔을 휘저으며 문을 통과하는 것, 세상에 이보다 더 큰 해방감과 만족감을 주는 일이 있을까.

오두막에 들여놓은 가구들 역시 전부 그의 키에 맞게 주문 제작된 것들이었다. 마침내 틸만은 그의 멋진 양복 상의와 하의를 제대로 걸어놓을 수 있는 옷장을 가지게 됐다. 거인에 맞는 책상과 의자도 갖추었다. 그는 그 의자에 아주 정상적인 자세로 앉아 식사를 하게 되었다. 본인 것 말고도 의자를 세 개 더 들여놓았다. 손님용으로 주문한 것인데, 책상다리가 워낙 길어서 마치 다리가 긴 어린이용 의자가 연상되었다.

피아노도 더 좋은 것으로 교체했다. 그 동안 쓰던 낡은 피아노는 거의 폐품이나 다름없었다. 소리가 어찌나 둔탁하던지 연주를 하기만 하면 마치 원곡을 패러디하는 것처럼 엉뚱한 소리가 나왔었다. 나골츠하우젠에 하나밖에 없는 조율사를 불러왔지만 고개를 내저으면서 이 고물피아노는 당장 쓰레기장으로 보내버리라는 소리만 들었다. 그래서 결국 옛날 피아노는 버리고 중고피아노를 새로 구입했다. 중고임에도 불구하고 그 동안 관리가 아주 잘 되었는지 천상에서 들려오는 화음 같았다. 그 소리에 반해 틸만은 오후부터 한밤중까지 피아노연주에만 몰두했다. 한동안은 심지어 독서까지 등한시할 정도였다. 전에는 절대 상상도 할 수 없는 일이었다. 하지만 피아노연주를 하고 나면 등과 목이 뻣뻣하고 아팠다. 오두막에 있는 물건 중에 피아노가 유일하게 그의 신체사이즈에 맞지 않았기 때문이다.

이제 음악은 그의 삶에서 제일 큰 위안이었다. 피치 못할 사정이 생겨 피아노연주를 거르고 넘어가는 날이면 정서적으로 불안감에 휩싸였다. 어느새 유명인사가 되어 사람들의 주시와

주목 속에 살다보니 쌓이는 스트레스가 적지 않은데, 그럴 때 음악은 마음의 진정제였다. 종종 틸만은 왜 하필 음악이 자신에게 그토록 큰 영향을 미치는지 생각해보았다. 대체 어떤 힘을 가지고 있길래 음악은 그로 하여금 그 어떤 것보다 더 몰두하게 만들고 또 그를 행복하게 하는 걸까?

그가 찾은 해답은 음악이 물질세계를 초월해 있다는 사실이었다. 음악은 이해가 불가능할 정도로 완벽한 정신적 세계이자 보이지 않는 기술이었다. 현실세계에서 저주처럼 그를 따라다니고 압박하던 모든 것들이 음악의 세계 속에서는 힘과 의미를 전부 상실했다. 피아노 앞에 앉아 연주를 시작하면 틸만은 길이와 너비와 높이를 초월한 공간들을 통과했다. 현실적 한계를 넘어선 그 초월적 공간 속에서는 거인이든 난장이든 아무 상관없었다.

하지만 갈수록 피아노연주가 힘들어졌다. 자꾸만 자라는 손가락 때문이었다. 예전에 타자를 칠 때 그랬던 것처럼 손가락 두 개로 동시에 건반을 누르는 경우가 잦아졌다. 어렵지 않게 할 수 있었던 빠른 터치도 이젠 연습을 거듭해야만 겨우 가능했다. 난이도가 높은 기술을 연습하는 게 한때는 도전정신을 자극했으나 이제는 미리 좌절을 예감케 하고 심리적으로도 위축되도록 만들었다. 안타깝지만 이제 피아노연주에 관한 한 더 이상의 발전은 없을 거라는 결론을 내렸다. 발전은커녕 죽을힘을 다해 연습해야 겨우 퇴보를 면할 수 있을 것이다.

장시간의 연주로 지칠 때면 틸만은 잠시 아무 것도 안 하고 피아노 의자에 그냥 멍하니 앉아 눈을 지그시 감았다. 그리곤 머릿속으로 아름다운 화음을 그려보았다. 턱이 거의 가슴팍에 닿을 정도로 고개를 푹 숙이고 그는 놀라운 집중력으로 모든 소리에 귀를 기울였다. 그러고 있으면 아름다운 화음이, 숨겨져 있던 부드러운 소리가 하나하나 전부 정확히 귀에 들렸을 뿐만 아니라 소리들의 미세한 차이까지 전부 다 느낄 수 있었다.

틸만은 이제 자신이 피아노연주를 할 수 있는 날이 얼마 남지 않았다는 것을 예감했다. 섬세한 터치를 요구하는 피아노는 조만간 그의 투박하고 조야한 손가락을 거부하게 될 것이다. 하지만 이렇게 머릿속으로 화음을 그려보고 그것에 도취되는 것은, 즉 침묵의 음악에 빠지는 일은 아마 앞으로도 계속될 것이다.

해가 지고 어둠이 깔리기 시작하면 틸만은 집 밖으로 나갔다. 벽이 주는 안온함을 사랑했지만 이 시간쯤 되면 더는 혼자 있고 싶지 않았기 때문이다. 게다가 하루 온종일 거의 움직이지 않았던 육체에도 약간의 운동이 필요했다. 저녁나절의 산책이 그가 하는 유일한 운동이었다. 그의 건강 상태는 좋지도, 그렇다고 나쁘지도 않았다. 가끔씩 틸만은 정확한 이유를 알 수 없는 짜증과 불만에 휩싸였다. 그럴 때면 이상하게도 긴장감이 오래 지속됐는데, 그 때문인지 허리와 등이 뻣뻣했다. 가끔은 과도한 긴장감으로 몸살이 날 지경이었다.

닥터 블룬크와 마이어-쉘베르거 교수가 오랜 전부터 예상했던 대로 그의 다리관절에 이상이 나타나기 시작했다. 관절이 자주 부어올랐고 움직일 때마다 미약하지만 통증이 느껴졌다. 아무래도 몸무게를 지탱하느라 무리가 온 듯했다. 특히 다리는 종일 내내 그의 체중을 지탱해야만 하니 그 부담이 상당할 것이다.

틸만은 가능하면 이런 문제들을 가볍게 받아들이려 애썼다. 아직은 그럭저럭 견딜 만했다. '고통'이라는 단어를 쓸 정도는 아니었다. 통증을 호소하는 게 어찌 보면 남자답지 못한 엄살로 비칠 수도 있었다. 물론 현재 나타나고 있는 증상들이 정확히 무엇을 의미하는지 모르지 않았다. 그건 그의 신체가 점차 쇠락해가고 있다는 은밀한 징후였다. 또한 이런 상태로 오래 살 수는 없다는 뜻이기도 했다.

그런데 마음 한편에서는 그렇게 되면 드디어 성장도 멎게 될 거라는 희망이 싹텄다. 끝없이 키가 자라는 끔찍한 일이 언젠가 그치게 될 거라는 희망…… 키가 계속 자라서 갈수록 보통사람들과의 격차가 커진다는 사실이야말로, 아이러니하게도 틸만이 그것이 끝나기를 기대하는 명확한 이유였다. 자신의 키가 한계치에 도달했다는 것은 보통사람들과의 격차가 확대될 가능성이 완전히 사라진다는 뜻이었기 때문이다.

그렇지만 틸만은 끝을 향해 다가가고 있는 자신의 몸에 대해 되도록 생각하지 않으려 노력했다. 설령 생각하게 되더라도 잠시 스쳐 지나가는 정도로 끝내려고 애썼다. 그 덕분에 알게 모르게 자신을 짓누르고 있는 생각들, 그의 삶의 본질과도 같은 슬픔을 과장하지 않는 데 성공했다.

저녁에는 길거리에 사람들이 별로 많지 않았다. 그래도 그가 거리에 나타나면 즉시 사람들의 시선을 끌었다. 엄청난 키로 인해 벌어지는 자연스러운 현상이었다. 나골츠하우젠에서는 이제 남녀노소를 불문하고 틸만을 모르는 사람이 하나도 없었다. 하지만 그의 얼굴에서 뿜어져 나오는 매력은 끝이 없었다. 행인들은 지나가면서 그에게 친밀하게 고개를 끄덕이거나 "안녕하세요, 뷜칭거 씨"라며 인사를 건넸다. 개인적으로 아는 사이가 아니라고 해도 이미 그들에게 틸만은 너무나 친숙한 사람이었을 뿐만 아니라 일거수일투족이 전부 알려져 있는 사람이었다. 그러니 인사를 건네지 않고 그냥 지나치는 게 오히려 무례하게 느껴질 정도였다.

털만도 이제 그 정도의 주목과 소란은 무심하게 받아넘길 여유가 생겼다. 산책하는 그의 뒤로 어린아이들이 졸졸 따라오면서 킥킥거려도 신경 쓰지 않았다. 나골츠하우젠의 최고 볼거리인 털만을 보기 위해 찾아온 관광객들이 호들갑을 떨면서 부산스럽게 찰칵찰칵 사진을 찍어대도 미소까지 지어주었다. 그게 관광객들을 더 흥분하게 만들었다. 거인이 밝은 표정으로 자신을 쳐다본다는 건 실로 엄청난 일이었기 때문이다. 털만의 마음속에서 사람들 눈에 띄지 말았으면 하는 욕망은 거의 사라졌다. 다른 사람들처럼 평범해지고 싶다는 소망도 지워버린 지 오래였다.

그렇다면 이제 그에게 남은 것은 과연 무엇일까? 털만의 경쟁자였던 우크라이나 사람과 볼리비아 사람이 얼마 전 언론의 관심 속에 사망했다. 그로 인해 공식적으로 측정한 키 267센티미터로 털만은 드디어 세상에서 제일 키가 큰 사람으로 공인되었다. 더불어 완벽한 기인의 반열에 올랐다. 숨이 멎을 만큼 끔찍한 괴물이자 자연계의 기적이 된 것이다. 옛날이었다면 아마 연시(年市)의 가판대에서 기인으로 소개되었을 것이다. 하지만 인류는 그 동안 엄청나게 발전했다. 인쇄된 종이와 반짝거리는 스크린이 연시 가판대의 자리를 대신하게 된 것이다. 가판대에 진열되었던 진귀한 보물들과 거인은 좁은 시장을 떠나, 온 나라를 단번에 자신들의 무대로 만들어버렸다.

틸만은 현대적 가판대 앞으로 몰려든 사람들, 입을 멍하니 벌리고 정신없이 그를 쳐다보는 사람들한테 소리를 내지르며 분노를 폭발시키지 않으려 무진장 애썼다. 아니, 오히려 많은 순간들 속에서 그 사람들에 대한 연민을 느꼈다. 그들은 정신적인 즐거움을 줄 수 있는 일을 시작할 여유가 없어서 다른 곳에서 쾌락을 얻으려드는 것뿐이다. 타인의 불행에서 원기를 얻고, 매일 일정량의 유치하고 더러운 짓거리를 해야만 숨겨진 욕망을 해소할 수 있는 사람들.

그들은 자신들의 욕망을 달래줄 싸구려 오락거리가 필요하던 차였고, 그런 중에 정상에서 완전히 벗어난 사람, 보통사람들과는 차원이 완전히 다른 틸만보다 더 재미있는 오락거리는 없었다. 틸만을 힐끗 쳐다보기만 해도 비정상적인 것에서 쾌감을 느끼는 그들의 본능이 부르르 일어나면서 행복감이 밀려올 테니까. 어쩌면 입에서는 절로 이런 소리가 터져 나올지도 모른다. 나는 저 남자보다 크지 않아, 나는 보통사람들보다 끽해야 한 뼘 정도 키가 클 뿐이야, 나는 정말 아무런 문제도 없는 사람들 사이에서 아무런 문제없이 살아가고 있어, 라고.

그러나 한편으로 그들은 또 틸만에게서 자신들과 똑같은 모습을 발견했다. 기이할 정도로 큰 키를 빼놓으면 틸만은 그들을 아주 많이 닮았기 때문이다. 틸만 역시 그들과 마찬가지로 기와장이에 경리 사원이었으며 현재는 실업자일 뿐이다. 한 가지 차이점이라면 그는 수십억 인구 중에서 키가 제일 크다는 사실뿐이었다. 그래서 비록 그들 스스로 깨닫지는 못했지만 틸만은 유명인사들의 제국에서 보통사람들의 대표나 마찬가지였다. 틸만은 늘 똑같은 사람들 속에서만 걷고 싶지 않은 그들의 욕망을 충족시켜주는 동시에, 한 번쯤은 세상의 진부한 기준들을 벗어나고픈 그들의 꿈을 대리만족시켜 주었다.

틸만의 키는 대부분의 사람들보다 머리 서너 개 정도 더 컸다. 그에게도 똑바로 선 자세에서 다른 사람들과 얼굴을 마주보며 걸었던 적이 있었나 의문이 들 정도였다. 아무리 키가 큰 사람이 맞은편에서 다가와도 틸만의 시야에 제일 먼저 들어오는 것은 정수리였다. 머리숱이 적든 많든 간에.

아이들이나 키가 작은 여자들은 틸만에게 있어서 아주 위험한 장애물이나 마찬가지였다. 실수로 살짝 부딪치기만 해도 금방 넘어져버리는 장애물. 그래서 그는 되도록 사람들과의 거리가 가까워지지 않도록 조심했다.

하지만 그건 혼자서 해결할 수 있는 문제가 아니었다. 그가 어디에 있든 사람들이 주변으로 몰려들었다. 틸만은 이제 예전 같으면 분명히 그를 격분하게 만들었을, 난쟁이 국민들의 무례한 행동들을 그대로 내버려두었다. 틸만의 용인 아래서 난쟁이들은 부끄러운 줄도 모르고 그의 근처를 맴돌았다.

틸만이 저녁산책을 하고 있으면, 종종 어딘가에서 단순한 호기심에서 말을 거는 게 아니라 뭔가를 이해하고 공감하는 표정으로 그에게 인사를 건네는 사람들이 있었다. 틸만은 그런 만남들이 훨씬 더 가치 있게 여겨졌다. 사람들의 그런 표정은 그를 괴롭히는 많은 것들을 보상해주었다. 틸만은 그런 만남들을 마음속에 간직했고, 그때의 기억은 며칠 혹은 몇 주 동안 생생하게 남아 있었다.

하지만 마음 한편에서는 또 그런 기억들을 일종의 경고로 간주했다. 무례한 사람들한테 시달릴 때조차도 그 사람들을 함부로 무시하지 말라는 경고. 사람들을 무시하는 것은 영혼을 갉아먹고 내면을 더럽히는 일이었다. 그럼에도 불구하고 자기도 모르게 그런 행동을 하게 되면 틸만은 자신을 더 이상 사랑할 수 없게 되는 위험에 빠질 것이다. 만약에 자신마저 스스로를 사랑할 수 없다면 대체 그에게 남은 사람이 누가 있겠는가.

가장이 된 틸만

93년 동안 이어져 온 지붕공사업체 '빌칭거와 아들들'은 결국 나골츠하우젠의 수공업자 명부에서 삭제되었다. 아버지는 충격적인 이 사건을 침착하게 받아들였다. 아버지를 알고 있던 사람들은 전부 놀랐다. 물론 몇 주 동안은 아는 사람을 만나는 게 영 내키지 않는지 집에만 틀어박힌 채 문밖 출입을 일체 하지 않았다. 하루 온종일 텔레비전 앞에 죽치고 앉아 있었고, 또 절반 이상은 대부분 술에 취해 있었다.

하지만 어느 날부터인가 분위기가 달라지기 시작하더니, 낮에는 고요하고 부드러운 체념 상태를 보였다. 아마 파국이 이미 오래 전부터 예견되어 있었기 때문일 것이다. 그 덕분에 이

재앙을 평화롭게 수용하는 데 필요한 정신적 정지작업을 아버지는 이미 조금씩 하고 있었던 것이다.

아버지가 이 상황을 평온하게 수용할 수 있게 하는 데는 틸만의 힘도 컸다. 아들을 인생 낙오자이자 가족의 골칫덩어리로 여겼던 시간들은 지나갔다. 틸만은 이제 '명실상부한 남자'였다. 엄청난 반전이 아닐 수 없었다. 부모한테 얹혀사는 쓸모없는 식충이이자 숨 쉬는 것 말고는 하릴없이 빈둥거리기만 하던 어제의 문제아가 놀랍게도 가족의 대들보가 되어 뵐칭거 가문의 자랑거리가 된 것이다. 물론 틸만은 기와장이라는 명예로운 가업을 이어받지 못했다. 그럴 능력이 없었다. 대신에 그는 시시때때로 텔레비전과 신문에 얼굴을 비췄다. 뿐만 아니라 최근의 어느 설문조사에서 밝혀진 바와 같이 독일의 10대 유명인사의 반열에 올랐다. 심지어 프란치 베켄바우어와 아돌프 히틀러도 틸만보다 순위가 낮았다.

아버지는 흥분과 기쁨에 들떠서 틸만에 관한 기사들을 전부 찾아내 꼼꼼히 음미했다. 아침 식탁에서 신문을 펼쳐놓고 비행기 추락사고와 끔찍한 살인사건들, 벌거벗다시피 가슴을 드러낸 여자들 사진 사이에서 아들의 얼굴을 발견하면 아버지는 흥분으로 갑자기 몸을 휘청거리곤 했다. 틸만이 공원벤치로 다가가 젖먹이에게 채소이유식을 먹이라는 좋은 충고를 하는 광고가 텔레비전에서 처음 나왔을 때는 도무지 믿기지 않는지 자신의 볼을 꼬집어보기도 했다. 지금까지 아버지가 옳다고 믿어온 모든 법칙들이 뒤집어지는 순간이었다.

아버지는 틸만의 기사가 실린 신문을 세 부씩 꼬박꼬박 샀다. 한 부는 미래를 위해 통째로 스크랩북에 철해서 보관해 놓았다. 또 한 부는 신문에서 해당기사만 깨끗하게 오려내서 거실 벽에 압핀으로 붙여 놓고는 그 앞을 오갈 때마다 만면에 미소를 지으면서 보고 또 보았다. 마지막 한 부는 자랑 삼아 친구들과 지인들에게 나눠주었다.

틸만은 전혀 생색내지 않고, 자신을 위해 쓸 용돈만 조금 빼놓고는 버는 돈을 전부 가족들에게 주었다. 용돈은 자신을 위해 절대 포기할 수 없는 곳에 사용하였다. 어머니가 정육점에서 벌어오는 약간의 돈 말고는 틸만이 받아오는 사례금이 집안의 유일한 수입원이었다. 이제 믿을 데라고는 오로지 틸만뿐이었으니, 아버지는 어쩔 수 없이 틸만을 존중해줄 수밖에 없었다. 틸만이 기자와 인터뷰 약속을 잡거나 화보 촬영을 하러 갈 때면 아버지는 늘 이렇게 물었다.

“그 일로 돈은 얼마나 받느냐?”

그럴 때마다 아버지는 마음속으로 아들에 대해 은근한 질투심을 느꼈다. 자신은 평생을 한데서 비바람을 맞으며 뼈가 빠지게 일했는데도 늘 궁핍함에서 벗어나지 못했다. 맞다, 심지어 말년에는 한평생 힘들게 쌓아놓은 토대마저 산산이 무너져버렸다. 그런데 아들 틸만은 텔레비전에 나와 단 5분 정도만 떠들어도 꽤 큰돈을 받곤 했으니 어찌 기가 막히지 않겠는가.

시간이 흐를수록 틸만은 아버지의 단점과 구제불능의 모순들을 더 명확히 깨닫게 되었다. 하지만 그것들과 맞서 싸우는 대신 그냥 평온하게 받아들이고 적응하는 쪽을 택했다. 어찌되었든 그분은 아버지였고, 그를 세상에 태어나게 해준 분이었다. 그건 절대 부인할 수 없는 사실이었다. 틸만은 늘 그 사실을 염두에 두면서 아버지에게 최대한 공손한 태도를 유지했다. 그는 이미 오래 전부터 예의범절에 맞는 공손한 태도를 자신의 의무로 여겼다. 만약 아버지한테 실수로 손톱만큼이라도 불손한 태도를 보였다면 틸만은 아마 심한 자괴감에 빠졌을 것이다. 그동안 끊임없이 정신과 인격의 수양에 힘쓴 덕분에 그 어떤 일도 잔잔한 미소로 넘길 수 있는 경지에 이르렀기 때문이다.

물론 가끔은 아버지가 참 사랑하기 힘든 사람이라는 생각을 하곤 했다. 하지만 인간적으로 문제가 많은 사람에게 오히려 가까이 다가서거나, 그런 사람을 사랑하는 게 훨씬 더 아름다운 일이 아니겠는가.

어느 일요일 날, 온 가족이 다 같이 점심을 먹기 위해 틸만의 오두막에 모였다. 커다란 가구들 사이에 있는 다리 긴 의자에 앉아 있으니 아버지와 어머니가 마치 거인나라에 온 난쟁이처럼 보였다. 물론 보통의 가구들 속에서도 별로 키가 컸던 것은 아니지만 그때와는 비교도 안 될 정도였다. 식사시간은 즐거운 분위기 속에서 부드러운 대화가 오갔다. 부모님은 아들의 식사 초대를 몹시 기뻐했고, 아버지는 최대한 매너 있는 태도를 보이려고 애썼다. 아들의 비위를 거스르고 싶지 않았기 때문이다. 자기도 모르게 포크 끝으로 손톱 밑의 때를 후벼 파는 태도가 나오면 어머니가 아버지한테 경고의 눈초리를 보냈다. 그럼 아버지는 움찔하면서 재빨리 아무 일도 아니라는 듯 포크를 잠시 다른 방향으로 돌렸다.

지모네 역시 식사에 참석했다. 다시 친정으로 돌아온 지모네는 늘 말없이 풀 죽은 상태로 지냈다. 유죄판결을 받은 남편에 대한 걱정으로 눈물 마를 새가 없었다. 출산을 하고 시간이 꽤 흘렀음에도 불구하고 지모네는 건강을 완전히 회복하지 못했다. 그러니 생활비를 보태기 위해 일자리를 찾는다는 것은 생각조차 할 수 없었다.

지모네는 딸아이를 돌보는 것 빼고는 하루 종일 하는 일이 거의 없었다. 물론 딸아이가 가끔씩 악을 쓰며 울어대는 바람에 아이 돌보는 일도 쉽지는 않았다. 아무튼 요즘 지모네의 모습은 딱 인생이 끝장난 사람이었다. 그러니 아무리 제멋대로 굴어도 뭐라고 하기가 참 힘들었다.

식탁에서 지모네는 대화에 거의 참여하지 않았다. 그녀가 입을 열기를 원할 때는 꼭 집어서 그녀에게 질문해야 했다. 하지만 설사 대답한다 해도 한결 같이 애매모호하고 무의미한 말들이라 추가질문을 하고 싶은 마음이 딱 사라졌다. 아버지의 관심사는 오로지 틸만뿐이었다. 이제 아버지는 대놓고 지모네를 무시했다. 적어도 딸의 가치를 상당히 평가 절하했다. 빌라 건축이 무산되고 남편의 컨버터블 자동차도 팔아치우고, 또 친정에 얹혀살면서도 생활비를 한푼도 내놓지 못하는 딸을 아버지는 인생낙오자라고 생각했다.

니나

하이델베르크대학에서 꽤 거창한 이름의 세미나가 열렸다. 〈집단적 배척과 사회적 건강의 장력장(張力場) 안에서 나타나는 괴물의 부정적 자아정체성—틸만의 사례를 중심으로〉라는 제목이었다. 어느 교수가 틸만에게 세미나 참석을 요청했고, 틸만은 이내 그러겠다고 했다. 아름다운 도시 하이델베르크에 한 번도 가본 적 없었고, 한편으로는 이 엉뚱해 보이는 행사가 그의 호기심을 자극했기 때문이다.

그런데 세미나가 시작되자마자 벌써 나골츠하우젠에 그냥 머물러 있을 걸, 하는 후회가 밀려왔다. 날씨가 푹푹 찌는 어느 무더운 여름날이었다. 유명한 초대 손님의 얼굴을 직접 확인해

보려는 호기심에 가득 찬 청중들을 더 많이 수용하기 위해 대강당 안에는 평소보다 의자를 더 많이 들여놓았다. 순식간에 공기가 탁해지고 불쾌한 냄새가 났다.

여교수가 지루한 템포로 강연을 이어갔다. 중간에 자신의 이름이 여러 번 언급되고, 또 두세 문장을 말한 뒤에는 동의까지는 아니더라도 자신의 강연을 이해했다는 표식을 찾기 위해 그의 얼굴을 자꾸 힐끔거렸지만 그곳의 냄새보다는 덜 불쾌했다. 틸만은 교수의 말을 대부분 이해할 수 없었다. 그러다 간혹 너무 쉬운 말이 나올 때가 있어 그가 오히려 깜짝 놀라게 되는 경우도 있었다. 문득 지금 제대로 알아들은 건가 의심이 들 정도였다. 독일의 대표적인 교수가 저리도 쉬운 말을 했을 리가 있나, 하는 의구심이었다. 하지만 잠시 뒤 다시 의심은 사라지고 마음이 놓였다. 교수의 입에서 나오는 대부분의 말이 여전히 이해할 수 없었기 때문이다.

강연을 끝낸 여교수가 학생들을 향해 틸만에게 물어보고 싶은 게 있으면 직접 질문하라고 했다. 교수가 강연하는 내내 탁한 공기 속에서 숨 쉬느라 입을 살짝 벌린 채 차가운 눈빛으로 창밖을 내다보고 있던 여학생이 처음으로 손을 번쩍 들었다. 나이는 그리 어려보이지 않았다. 손을 든 여자가 물었다.

"사람들로부터 긍정적인 반응을 이끌어내기 위해 너무 과도

하게 대중매체에 노출되고 있다는 생각은 안 해보셨나요?"

틸만이 진지하면서도 다정한 표정으로 그녀를 쳐다보았다.

"그런 질문이 나오리라고는 전혀 예상을 못했습니다. 또 무슨 의도로 그런 질문을 했는지도 잘 모르겠고요."

이 대화를 계기로 강당의 분위기가 고조되었다. 여교수가 의미심장한 표정으로 미소를 지으면서 틸만의 눈을 쳐다보았다. 여기저기서 웃음소리가 들려왔다. 강당 뒤편에서는 굵은 저음의 남자가 노골적으로 비웃듯이 낄낄거렸다. 나이가 그리 어리지 않은 여자는 자신으로 인해 야기된 이 상황이 당혹스러운지 어색한 미소를 지었다. 하지만 틸만의 대답에 만족했는지 다시 입을 살짝 벌린 채 창밖을 내다보았다.

이어서 한 남자가 손을 들었다. 머리끝에서 발끝까지 검정색 양복으로 쫙 빼입었는데, 그의 앞에 있는 책상 위에는 챙이 넓은 검정색 모자가 놓여 있었다. 수염까지 검정색이었다.

"거인인 당신 때문에 정상과 비정상의 범주와 정의에 커다란 혼란이 야기됐습니다. 당신은 자신을 계속 정상으로 이해해 달라고 요구하고 있는데, 정말 자신을 정상이라고 생각하는 건가요?"

틸만은 방금 전과 똑같은 대답을 하고 싶었다. 하지만 잠시 망설이다 답변을 바꾸기로 했다.

"당신 말이 옳습니다. '거인'으로서 저는 한편으로는 '정상적인 것'이 과연 무얼까에 대한 사회적 합의를 계속 흔들고 있습니다. 하지만 다른 한편으로 저는 기존의 사회적 합의의 중요성을 다시 한 번 확인시켜 준다고 생각합니다. 제 생각에는 '정상적인 것'과 '비정상적인 것'을 변증법적으로 다룰 필요가 있다고 생각합니다. 그 두 가지가 합쳐져서 '정상적인 것'에 대한 새로운 합의를 찾아가야 하지 않을까요?"

이번에는 아무도 웃지 않았다. 검정색 양복을 입은 남자가 손가락으로 턱수염을 비비 꼬았다. 틸만의 대답에 긍정을 해야 할지 부정을 해야 할지 갈피를 못 잡는 표정으로 틸만을 쳐다보았다.

서너 명의 또 다른 학생들이 질문했다. 틸만은 마치 장난치듯 가볍게, 그러면서도 진지함을 잃지 않고 학생들의 질문에 대답했다. 자신이 하는 말이 귓가에 들렸다.

"……정상이라는 개념을 육체적인 의미로 파악하는 것은—실제로는 사람들이 그렇게 파악하지 않는다 하더라도—순전히 허구입니다……."

"……지금 여기서 문제 삼고 있는 것은 인류가 갖고 있는 양가감정이라고 생각합니다. 우리들은 누구나 할 것 없이—키가 얼마든 상관없이—절대적으로 양가감정에 노출되어 있습니다

……."

많은 사람들이 책상 위로 상체를 숙이고 틸만의 말을 수첩에 기록했다. 강당 그 어디에서도 조롱하는 표정을 찾아볼 수 없었다…….

마지막으로 여교수가 틸만에게 감사의 인사를 한 뒤 학생들에게 강연 내용에 대해 토론을 할 것을 주문했다. 활발한 토론이 시작되었다. 모두들 틸만의 의견을 독창적이라고 생각했다. 그리고 그의 이야기에 상당히 자극을 받은 듯했다. 다들 틸만의 이야기에 더 독창적이고 그럴 듯한 자신들의 의견을 덧붙이려 애썼다.

자신도 학생들의 토론에 흥미를 갖고 있다는 것을 보여주기 위해서 틸만은 의자에 앉은 채로 계속 잔잔한 미소를 지었다. 물론 아무도 그가 토론에 참여하는 것을 기대하지 않았다. 그래서 틸만은 할 일을 다 끝냈다는 편안한 마음으로 느긋하게 앉아 있을 수 있었다. 사실 그는 눈을 감고 이 탁한 공기 가득한 불쾌한 공간에서 빠져나가 자신의 내면세계로 도망치고 싶었다…….

하지만 그건 안 될 일이었다. 절대 있을 수 없는 일이었다. 그건 그를 초대해준 사람들에 대한 예의범절에 어긋나는 일이었다. 적어도 그들의 말에 귀를 기울이고 있는 척이라도 해야 했다. 유치한 놀이이기는 했지만 일단 시작했으니 끝까지 최선을 다하는 게 예의였다.

자꾸 딴 데로 빠지려는 마음을 다잡기 위해 틸만은 시선을 돌려 객석에 앉아 있는 학생들을 쭉 둘러보았다. 그러다 니나를 발견했다. 그녀는 다른 사람들로부터 약간 떨어진 곳에 앉아 있었다. 빽빽하게 앉아 있는 사람들로부터 최대한 거리를 두고서. 그런데 뭐가 못마땅한지 가슴팍 앞에서 두 팔로 팔짱을 낀 채 크고 검은 눈으로 강당 안을 둘러보고 있었다. 재미있거나 관심을 끌 만한 게 뭐 없나 찾아보는 듯했다. 하지만 그런 게 있을 리 없다는 것을 이미 짐작하고 있는 표정이었다. 그 순간 쉽게 감정을 읽을 수 없는 그녀의 특이한 표정이 묘하게 일그러졌다. 자주 나타나지 않는 흥미진진한 먹잇감을 공격할 준비가 됐다는 그런 표정이었다.

틸만은 그녀가 타인에 대한 기대치가 꽤 높은 여자라는 사실을 즉시 알아차렸다. 저 여자는 함께했을 때 지루하지 않게 시간을 보낼 수 있는 사람을 찾고 있어. 그녀의 묘한 눈길의 희생자가 될 사람……? 그 생각이 머리를 스치는 순간 틸만은 당황했다. 내가 그걸 어떻게 알았을까? 그녀는 그에게서 정말 아주 멀리 떨어진 자리에 앉아 있는데…… 고개도 그가 있는 방향을 향한 것도 아니고…… 그런데도 틸만은 즉시 그걸 알아차렸고,

그 이유를 곰곰이 생각하기 시작했다.

그런데 니나가 갑자기 필기도구를 챙기더니 의자에서 벌떡 일어섰다. 사실 아까부터 자리에서 일어나고 싶어 좀이 쑤셨지만 꾹 참고 있다가 드디어 인내심이 바닥난 듯했다. 그녀는 재빨리 비좁은 의자들 사이를 빠져나가 출입문으로 향했다. 곁눈질로 한번 흘깃 쳐다보았을 뿐인데도 틸만은 그녀의 키를 꽤 정확히 알 수 있었다. 날씬하고 귀여운 몸매였다. 마음속에서 갑자기 팍 스파크가 일어나는 기분이었다. 당장 그녀를 붙잡아야 할 것 같았다. 하지만 그는 주최 측이 아니었다. 그의 가장 중요한 임무는 머리를 똑바로 세우고 자리를 지키는 것이었다.

니나는 쾅 소리가 들릴 정도로 세차게 문을 닫았다. 조심성은 눈곱만큼도 안 보였다. 오히려 일부러 그런 식의 무례한 퇴장으로 세미나에 대한 불만을 표출하려는 게 아닐까 싶었다. 어, 저기 그녀가 나가네! 사라지는 그녀의 뒷모습을 속수무책으로 지켜볼 때 틸만의 머리를 스쳐간 생각이었다. 틸만은 다시 정신없이 혼자만의 생각에 빠져들었다. 맨 먼저 그녀의 눈이 떠올랐다. 눈꺼풀이 살짝 쳐진 눈으로, 그가 좋아하는 눈이었다. 그녀의 입. 입에는 아무 것도 바르지 않았다. 약간 소녀 같은 그녀의 분위기와 잘 어울리면서도 꽤 고집스러움이 느껴져 관능적인 아름다움과는 거리가 멀었다…….

그녀를 다시는 보지 못할 거라는 생각이 들자 마음이 아팠다. 틸만의 입에서 자기도 모르게 한숨이 새어나왔다. 물론 잔잔한 날숨처럼 소리가 아주 작았기 때문에 제일 가까이에 있는 사람조차 알아차리지 못했다.

학생들이 책상을 두드리는 소리가 들리더니 강당 안이 순식간에 시끌벅적해졌다. 순간 정신을 번쩍 차린 틸만은 세미나가 드디어 끝났다는 것을 깨달았다. 여교수가 그에게 다가와 악수를 청했다. 그리고 세미나에 참석해 학생들의 흥미를 불러일으켜준 데 대해 감사를 표했다. 틸만은 당혹스런 마음으로 교수의 얼굴을 쳐다보았다. 혹시 학생들이 그가 정신을 딴 데 팔고 있었던 것을 알아차리지 않았을까, 그것 때문에 혹시 분노하고 있는 게 아닐까 하는 걱정 때문이었다. 눈치를 보아 하니 그건 아닌 듯했다. 학생 세 명이 다가와 사인을 부탁했다.

"기꺼이 해드려야죠!"

틸만은 대답과 함께 이미 익숙해진 대로 종이에 자신의 이름을 썼다. 여교수가 상투적인 작별인사를 하며 그를 강당 밖으로 안내했다. 사진사가 플래시를 터뜨리면서 사진을 몇 장 찍었다. 또 다른 학생들이 그에게 종이를 내밀었고, 틸만은 사인을 해주었다. 여교수가 틸만의 손에 책을 한 권 쥐어준 뒤 다시 작별인사를 건네며 그를 출입문 쪽으로 이끌었다. 정신을 차려

보니 그는 어느새 학교 앞 광장에 홀로 서 있었다.

연청색 하늘이 벨벳처럼 부드럽게 드리워져 있었다. 세미나로 심신이 지친 틸만에게 인사라도 건네려는 듯 막 불어온 산들바람이 얼굴을 스쳐 지나갔다. 수백 년 동안 변함없이 아름다움을 지켜온 고풍스러운 건물들이 광장을 둘러싸고 있었다. 햇볕을 받아 반짝거리는 적갈색 기와지붕들 위로 제비들이 꼬리를 물고 날아갔다. 고요한 풍경에 틸만의 얼굴이 저절로 환해졌다. 눈을 감고서 맑은 공기를 몇 차례 깊숙이 들이마셨다. 공기에 개화기의 꽃냄새가 섞여 있는 듯했고…….

"안녕하세요, 뵐칭거 씨. 세미나에서 아무도 물어보지 않았던 질문이 하나 있어요. 제 생각에는 당연히 나왔어야 하는 제일 중요한 질문인데 말이에요."

틸만이 화들짝 놀라 고개를 숙여보니 니나가 보였다.

"무슨 질문을 말하는 거죠?"

"당신은 왜 이런 불쾌한 행사에 참석해달라는 요청을 받아들인 건가요?"

틸만이 미소를 지으면서 손가락으로 자신의 머리카락을 쓸어내렸다.

"그건 저를 초대해주셨기 때문입니다. 마음이 넉넉한 사람으로서 저는 누구한테든 '안 된다'는 말을 하고 싶지 않거든요. 게

다가 그 동안 그런저런 일을 견디는 법도 배웠고요."

"그랬군요. 하지만 아무리 그래도 이번 세미나는 좀……?"

그녀가 고개를 한껏 뒤로 젖힌 채 그를 올려다보았다. 햇살이 눈부신지 손을 눈썹 위에 올려놓고서. 문득 프란치가 떠올랐다. 예전에 프란치도 그런 자세로 그를 자신의 친구들한테 소개하곤 했다. 별로 기분이 좋지 않은 기억이었다. 맞다. 그런 기억이 떠오른 게 틸만은 부끄러웠다. 아직 몇 마디 말도 나누지 않았는데 옛날 여자친구의 기억을 떠올리는 건 니나한테 무례한 일이라는 생각이 들었다.

"그건 그렇고, 중간에 강당을 나왔다고 해서 저를 나쁘게 생각하지는 말아주세요."

니나가 말했다.

"그럴 리가요. 절대 그렇게 생각 안 합니다."

"제가 중간에 나온 이유는 간단해요. 도저히 학생들의 잡담을 참을 수가 없어서 그랬어요."

"이런. 제가 끝까지 그 자리에 남아 있었던 것을 이해해주기 바랍니다."

"아, 네? 정말 제가 그래주기를 바라나요?"

틸만이 무슨 뜻이냐는 듯 그녀를 쳐다보았다.

"당신은 제 눈을 속일 수 없어요." 니나가 말했다. "사실 당신은 저보다 먼저 강당을 뛰쳐 나갔어야 해요. 당신의 육체는 그 자리에 있었지만 나머지는 그 자리에 없었으니까요."

니나는 한눈에 봐도 옷차림에 별로 신경 쓰지 않는다는 걸 알 수 있었다. 특히 지금 입고 있는 블라우스는 연한 장미색이 나는 저렴한 제품인 것 같았는데 무엇보다 세탁이 시급해 보였다. 그리고 옆으로 돌아간 비뚤어진 치마는 진흙을 연상시키는 색으로 눈살을 찌푸리게 만들었다. 그와는 대조적으로 틸만은 카키색 린넨 양복에 실크 넥타이 차림으로, 대도시 방문을 위해 최대한 멋을 부린 시골 촌뜨기 같은 인상을 주었다. 틸만은 나중에서야 깨달았다. 니나가 옷에 별로 관심을 기울이지 않는 것은 삶의 본질적인 문제에 더 관심이 크기 때문이라는 것을 말이다. 그리고 시비를 거는 듯한 말투는 그녀의 버릇 중 하나였다.

"우리, 말을 놓는 게 어때요?"

그녀가 물었다.

"좋아요!"

"내 이름은 니나야……. 사실 이 세미나에는 오늘 처음으로 참석했어. 우연히 들어가게 된 거지. '괴물의 부정적 자아정체성' 같은 데는 전혀 관심도 없었어."

틸만이 그녀에게 미소를 지었다.

“세미나에서 내가 한 말이 제발 너를 지루하게 하지 않았기를!”

“지루하지 않았어, 전혀. 물론 네가 하는 말을 제대로 이해하지 못했다는 건 인정해야 하지만.”

“실은 나도 내가 무슨 말을 하는지 몰랐어.”

니니가 한 걸음 옆으로 비켜서 틸만의 커다란 그림자 속으로 들어온 뒤 손을 눈썹에서 떼었다. 틸만은 자세를 똑바로 하면서 어깨를 원래보다 더 넓게 벌리려고 애썼다. 그림자로라도 니나에게 뭔가 좋은 일을 해줄 수 있다는 사실에 틸만의 마음은 행복해졌다.

“나는 뭘 좀 마시고 싶은데.” 니나가 말했다. “저기 위쪽, 교회 앞에 꽤 괜찮은 카페가 있는데, 같이 갈래?”

두 사람은 목가적 풍경 속으로 천천히 걸어갔다. 틸만은 니나가 단 한순간도 자신의 안전한 그림자 밖으로 벗어나지 않도록 유의했다.

혼자에서 둘로

그렌첸로스 카페는 오래된 풍경화처럼 낡고 초라했다. 흐릿한 실내에는 테이블 서너 개와 의자들이 무질서하게 놓여 있었다. 게다가 곳곳이 망가져 있었다. 천장에서는 환풍기가 털털거리며 돌아가고 있었는데, 카페에 들어섰을 때 틸만은 목을 다치지 않기 위해 환풍기를 피해 빙 돌아가야 했다. 오랜 세월 먼지와 학생들이 내뿜은 숨결들로 찌들어버린 벽에는 떼어내는 것을 잊어버린 색 바랜 연극 플래카드들과 각종 공연 포스터들이 붙어 있었다. 술 달린 커튼이 드리워진 창문 뒤에는 시든 화분들이 숨겨져 있었다.

“난 그렌첸로스 카페가 너무 좋아!” 니나가 말했다. “세상에서 이 카페보다 더 음식이 맛없는 집은 없을 거야. 하지만 그 덕분에 찾는 사람이 거의 없어 조용히 있을 수 있거든."

그들은 테이블로 가서 앉았다. 테이블에는 고리 무늬가 새겨진 유리가 덮여 있었는데 거기엔 얼룩이 잔뜩 묻어 있었다. 벽에 걸려 있는 플래카드와 마찬가지로 사라져간 세월이 남겨놓은 흔적들이 분명했다. 옆 테이블에 앉아 있던 손님들이 틸만을 보기 위해 실없는 소리들을 하면서 고개와 상체를 돌렸다.

"있잖아, 나는 사실 〈베를리너 엑스프레스〉 같은 신문은 잘 안 읽어."

니나가 말했다.

"수준이 낮고 단순한 건 참을 수 없어서 말이야. 똑같은 이유로 텔레비전 광고도 잘 안 봐. 그런데도 너를 자주 접했어. 네 사진을 안 보는 건 불가능한 일이니까. 그리고 널 볼 때마다 이런 생각을 했어. '독일의 거인은 마음속으로 무슨 생각을 하고 있을까? 대체 무슨 이유로 그는 이 구역질나는 소동에 참여하는 걸까?'"

그녀가 묘한 표정으로 그를 쳐다보며 윙크했다. 도발적인 질문을 윙크로 상쇄하려는 듯이. 하지만 틸만은 두 사람 사이에 그런 위장술은 필요 없다는 듯 그녀에게 미소를 지어 보였다.

"그거라면 쉽게 대답할 수 있어. 한 마디로, 어쩔 수 없어서 참석하는 것뿐이야. 나한테는 돈을 벌 수 있는 방법이 그것밖에 없거든. 보통사람들이 돈을 벌기 위해 선택하는 직업들이 나한테는 막혀 있어. 그러니 센세이션을 불러일으키는 이 커다란 몸뚱어리로 먹고사는 것 말고는 다른 방법이 없어. 게다가 이건 나 혼자만의 문제가 아니야. 나한테는 부양해야 할 식구들이 있어. 아버지와 어머니, 누나에 어린 조카까지 모두들 나만 쳐다보고 있어.

찾아보면 돈을 벌 수 있는 더 좋은 방법이 있을 거라는 거, 나도 인정해. 하지만 나는 지금 이건 싫다, 저건 안 된다 하면서 까다롭게 고를 수 있는 처지가 아니야. 기분 내키는 대로 하자면 우리 집 초인종을 누르는 기자들의 엉덩이를 전부 발로 뻥뻥 차서 내쫓아야겠지. 하나같이 예의라곤 모르는 무뢰한들이니까. 하지만 그럼 내 가족은 어떻게 되겠어? 아버지가 〈베를리너 엑스프레스〉 신문 살 돈을 어디서 구하느냐고?

그렇다고 이게 전적으로 가족을 위한 희생은 아니야. 약간은 나 자신한테도 도움이 되는 일이야. 믿을지 모르겠지만 최근에 나를 위한 몇 가지 시설도 갖추었어. 전에는 부모님 집에서 같이 살아야 했거든. 어릴 적에 살았던 방에서. 세 살 때 발랐던 벽지가 그대로 남아 있는 방이었지. 하지만 그 동안 장족의 발전이 있었어. 부모님 집 정원에 내가 살 오두막을 지은 거야. 그게 다 내가 가끔씩 텔레비전에 나와서 아기 위로 고개를 숙인 대가로 얻은 거야."

여종업원이 하우스와인을 가져다주었다. 니나와 틸만은 건배를 한 뒤 아무 말 없이 와인을 마셨다. 니나의 말을 듣고 예상했던 것보다 와인 맛이 더 별로였다. 떫은데다가 김이 빠져 맛이 없었다.

"간단명료한 대답이네." 니나가 말했다. "마음에 안 들지는 않아. 하지만 다음번에는 더 좋은 대답을 준비해주기를 기대할게."

"니나, 너라면 어떨 것 같아? 나는 가끔 실업자 신세인 게 정말 괴로워. 내 생활은 진짜 단순해. 아마 나는 앞으로 은둔자로 살아가게 될 거야. 할 일도 별로 없어. 하루 대부분의 시간을 나는 오두막집 안에서 보내. 책도 읽고 서툰 솜씨로 피아노도 치면서…… 그리 나쁜 생활은 아니라는 거 인정해. 내게 선택권이 주어진다면 나는 분명 그런 삶을 선택할 거야. 하지만 어떤 때는 정말 미치도록 지루해. 저녁때면 문득 내가 하루 온종일 어디에 있었나 하는 생각이 머리를 스치곤 해. 나 자신에게만 매어 있지 말고 뭔가 구체적으로 할 일이 주어졌으면 하는 소망이 있어. 고독한 거인으로 나의 동굴 속에서만 웅크리고 있는 건 더 이상 못 참겠어. 나는 빛이 환한 바깥세상으로 나가고 싶어. 그런 기분이 들 때면 3류 잡지의 기자가 인터뷰를 요청하는 게 오히려 고마운 생각이 들 정도야. 내가 피아노를 연주하는 모습이나 슈니첼을 먹는 모습을 찍기 위해 달려드는 사진사도 그렇고."

"대학에서 열리는 세미나에 참석해 달라는 요청도 그래서 거절 안 했나보구나!"

"맞아. 그래서였어. 물론 그런 식의 변화가 주는 만족감은 오래가지 않아. 인터뷰가 끝나고 기자가 떠나자마자, 혹은 세미나가 끝나자마자, 심지어 가끔은 그 전에 벌써 후회가 밀려오거든. 그럴 때면 정말 당혹스러워. 그리고 앞으로 다시는 그런 짓을 하지 않겠다고 엄숙하게 나 자신에게 맹세하지. 아직까지는 나의 고독을 지키는 데 그보다 더 좋은 방법은 모르겠어."

니나가 의자 등받이에 몸을 깊숙이 기댄 뒤 두 손을 목덜미 뒤로 교차시켜 깍지를 꼈다. 그런 다음 절반은 명상에 잠긴 표정으로, 절반은 익살스러운 미소를 지으면서 고개를 앞으로 까딱거렸다. 틸만에게, 자기도 다른 방법은 찾을 수 없을 것 같다는 듯이…… 맞다, 자기도 틸만과 똑같이 했을 것 같다고 말해주려는 듯이.

"네 이야기가 점점 더 흥미진진해지네. 어서 계속해봐. 네 입에서 무슨 말이 나올지 정말 궁금해지네."

"그래볼까? 아마 앞으로 내 주변에서는 점점 더 큰 소동이 벌어질 거야. 하지만 대신에 그건 내게 가치 있는 무언가를 선물해 줘. 그런 소동 없이는 절대 얻을 수 없는 거. 예를 들면 어려운 과제를 해냈다는 뿌듯함 같은 거. 어떻게 설명하면 좋을까? 그런 소동의 한가운데에 있을 때 나는 내 인생에서 꽁무니를 빼고 도망치지 않았다는 기분을 느껴. 거인 틸만으로서 나는 그런 일을 하고 나와 내 가족한테 필요한 돈을 버는 거야. 물론 세무서에 세금도 꼬박꼬박 내고 있고…… 어떤 의미에서 나는 사람들한테 나름대로 기여를 하는 셈이지. 비록 기이한 기여이기는 하지만, 그래도 내게 주어진 과제를 수행하고 있다는 뜻이야.

나는 한때 세상에서 아무 짝에도 쓸모없는 인간이라는 자괴감에 빠진 적이 있었어. 아침에 눈을 떴을 때 맨 먼저 내 머리를 스치는 생각은 세상에 내가 설 자리가 없다는 거였어. 어쩌면 내가 갖고 있는 패를 이미 다 써버렸을지도 모른다는 걱정이 밀려왔지. 그래서 꺼질락 말락 하는 작은 불꽃으로 영원히 살아가야 할 거라고 생각했어. 거인이라는 내 처지가 나를 위축시켰던 거야. 하지만 예상과는 달리 아직 나한테는 남은 역할이 있었어. 나를 보고 싶어 하는 사람들의 기대에 부응하는 거야. 그들에게 세상에서 제일 키가 큰 사람이 꽤 괜찮은 사람임을 알려주는 거지. 신문에 실리는 나에 대한 평들도 그리 나쁘지 않아.

물론 이건 고상한 역할은 아닐지 몰라. 하지만 난 가끔 이런 생각을 해. 세상에 고상한 일이 얼마나 될까, 하는 생각. 내 생각에는 그리 많지 않을 것 같아. '인간희극'은 아주 평범한 작품이야. 그 작품에서 함께 연기하고 싶으면 겸손하게 연습하는 것 말고는 다른 방법이 없어. 공명심에 사로잡히다 보면 무대에 올라가보지도 못하고 탈락할 수도 있어."

"지금 같은 역할을 수행하는 게 차라리 무대에 오르지 못하는 것보다 낫다고 말하려는 거야?"

"상황이 안 좋을 때면 나 스스로 그렇게 세뇌하곤 해."

틸만은 자신의 솔직함에 스스로도 놀랐다. 두 시간 전만 해도 얼굴도 몰랐던 여자한테 이렇게 솔직하게 마음을 털어놓는 이유가 뭘까? 지금까지 아무한테도 해본 적이 없는 이야기였다. 너무나 자연스럽게, 마치 혼잣말을 하듯이 술술 이야기가 흘러나왔다. 니나에게는 거리를 두는 행위가 오히려 차갑고 비인간적인 속임수처럼 작위적일 것 같다는 생각이 들었다.

"이게 나야." 틸만이 말했다. "이제 더 할 말이 없네. 네 시험을 통과한 거야?"

"그래. 물론 완전히는 아니고. 하지만 그럭저럭."

두 사람은 서로에게 미소를 지었다. 틸만이 니나에게 와인을 따라주었다.

"그건 그렇고, 니나. 너도 나한테 설명해줘. 대체 너는 왜 이 세미나에 참석한 거야? 아무리 생각해봐도 네가 우연히 이 세미나에 참석했을 것 같지 않은데."

"실은 이유가 하나 더 있어. 그것 때문에 세미나에 참석한 거야. 내 마음을 잡아당기는 게 있었거든."

틸만이 놀란 표정으로 그녀를 쳐다보았다.

"'괴물의 부정적 자아정체성'이라는 주제가 네 마음을 잡아당겼다는 거야?"

"아니, 바로 너."

마법에 걸린 왕자

틸만은 자신이 사랑에 푹 빠졌다는 것을 깨달았다. 아침에 눈을 떠서부터 잠들 때까지 니나가 했던 말들이 계속 머릿속을 맴돌았고, 독서를 하거나 피아노를 연주할 때도 자꾸 니나가 떠오르면서 마음이 설렜다. 강변을 따라 산책하다 나무에 무성한 초록색 나뭇잎을 보면 니나의 초록색 눈이 떠올랐다. 첫사랑에 빠진 열여섯 살 난 사춘기 소년한테나 어울릴 법한 일이었다. 하지만 틸만은 그런 자신의 모습에 아주 만족했다.

밤에 전등을 끄고 침대에 누워도 니나는 여전히 말을 하고 웃으면서 그의 방 안을 돌아다녔다. 깜깜한 어둠 속에서도 틸만은 니나의 모든 것을 알아볼 수 있었다. 나뭇잎을 닮은 초록색 눈까지 뚜렷하게 보였다. 틸만은 니나의 모습을 보기 위해 더 오랫동안 깨어 있고 싶은 마음에 기를 쓰고 잠을 쫓아냈다. 하지만 그건 쓸데없는 짓이었다. 잠이 들자마자 니나는 곧바로 그의 꿈속으로 찾아왔기 때문이다.

틸만은 니나가 자신에게 어떤 매력을 느낀 걸까 틈틈이 자문해보곤 했다. 그를 그녀의 남자친구로 받아줄 만한 매력 말이다. 하지만 그 생각을 하면 금세 의기소침해지면서 사랑에 빠졌다는 만족감이 줄어들었다. 아무리 봐도 니나는 그냥 그를 봐주고 있는 것 같았다. 니나의 모습에서 그걸 느낄 수 있었다. 니나가 그에게 갖는 감정은 연민일 것이다. 카페에서 그토록 오래, 또 그토록 친밀하게 대화를 나눈 것을 보면 두 사람이 서로 마음이 통한 것은 사실일 것이다. 하지만 그게 꼭 사랑이라고 단정 짓기는 힘들다. 그가 니나한테 단순히 마음이 통하는 남자 이상의 의미가 된 것은 아니라는 뜻이다.

아직은 모든 게 미지근한 상태로, 우정 이상은 절대 아니었다. 대체 니나는 그의 무엇에 마음이 끌렸을까? 니나 같은 여자한테, 눈이 한참 높아도 될 만한데 아무 것도 따지지 않는 여자한테 깊은 인상을 심어줄 수 있었던 그의 패는 과연 무엇이었을까? 그는 인간 괴물로, 끔찍한 육체를 갖고서 평생을 살아가야 할 사람이었다. 세상 그 누구에게서도 절대 사랑받을 수 없는 그런 육체 말이다. 이런 최악의 조건을 상쇄하기 위해서는 엄청난 내면의 장점들을 갖고 있어야 했다. 하지만 그에게는 그런 게 전혀 없었다. 가진 것이라곤 단지 약간의 교양뿐이었다. 몸에 밴 공손과 세련된 매너, 아마추어 수준을 크게 넘어서지 못한 피아노 연주 실력, 그것만으로는 너무 약했다. 그것으로는 아무 것도 얻을 수 없었다. 그런 것에 희망을 거는 것은 무모한 짓이었다.

니나의 마음을 움직인 것은 어쩌면 그에 대한 연민이었을지 모른다. 이상주의자의 공명심 때문에 연민에 마음이 움직인 것이다. 키 따위에 절대 겁을 집어먹을 수 없다는 공명심. 하지만 누가 알겠는가. 니나가 이색적인 것에 매력을 느끼는 사람일지.

순간순간 틸만은 자신을 동화에 나오는 불행한 왕자들과 비교했다. 특히 마법에 걸려 개구리로 변한 왕자가 떠올랐다. 아름다운 공주가 끈적거리고 미끈거리는 자신에게 키스해주기를 기다리는 왕자……. 물론 이런 비교는 얼토당토않은 짓이었다. 그리고 그런 생각을 하자마자 벌써 마음속에서 무너졌다. 설사 니나가 어느 날 용기를 내서 그에게 키스한다고 해도 그것만으로는 달라질 게 아무 것도 없었기 때문이다. 그를 가두고 있는 이 끔찍한 육체는 결코 벗어버릴 수가 없었다. 그는 영원히 풀 수 없는 저주에 걸렸기 때문이다.

게다가 그가 원래 왕자였는지 아닌지도 확실하지 않았다. 어떻게 그가 원래 자신은 왕자였다고 믿을 만큼 뻔뻔할 수 있겠는가. 평범한 개구리에 불과한 진짜 개구리에게 공주가 키스한다는 동화는 한 번도 들어본 적이 없다. 그런 데는 다 그럴 만한 이유가 있는 법이다.

며칠 뒤 니나가 그의 집을 방문했다. 날씨가 화창한 어느 날 오후였다. 믿을 수 없을 만큼 하늘이 파랬다. 그들은 따사로운 햇볕을 쐬며 오두막 앞에 있는 벤치에 앉아서 멋진 마이센산(産) 도자기 찻잔으로 고급 차를 마셨다. 끊임없는 정진과 도야와 노력을 통해 더 나은 사람, 더 세련된 사람이 되고자 하는 틸만의 열망은 여기서도 빛을 발했다.

시간이 아주 빨리 흘렀다. 첫 만남에서도 그랬던 것처럼 두 사람은 친숙하고 친밀하게, 그리고 경쾌하게 대화를 이어나갔다. 중간에 말이 끊어진 적은 한 번도 없었다. 마치 너무 늦게 만나는 바람에 놓친 시간을 따라잡기로, 그리고 오랫동안 쌓여 있던 이야기들을 오늘 전부 털어놓기로 작정한 사람들 같았다. 니나가 그를, 신체 접촉이 세상에서 제일 역겨울 수도 있는, 미끈거리는 개구리로 생각하지 않을 뿐만 아니라, 초조하게 공주의 구원을 기다리는 마법에 걸린 왕자로도 생각하지 않는다는 것을 확인하자 틸만은 마음이 한결 가벼워졌다. 아니, 니나는 틸만을 세상에서 제일 멋진 사람으로 생각하는 게 분명했다.

해가 지고 어둠이 깔리기 시작했을 때 두 사람은 다시 오두막 안으로 들어갔다. 틸만이 니나를 위해 피아노를 연주했다. 그리 어렵지 않은 쇼팽의 왈츠곡이었는데, 몇 군데는 아주 장엄한 분위기를 자아내는 곡이었다. 몇 달 전이었다면 훨씬 더 유연하고 부드럽게 연주할 수 있었을 것이다. 하지만 지금은 자꾸만 자라는 손가락 때문에 피아노 연주가 거의 한계에 이른 상태였다.

니나는 흥미진진한 표정으로 귀를 기울였다. 가끔 만족스럽다는 듯 미소를 지으며 고개를 끄덕거렸고, 때로는 연주가 마음에 안 드는지 눈썹을 살짝 찌푸렸다. 그녀의 눈길은 항상 허공의 한 지점을 향해 있었다. 그리고는 음악이라는 것이 단순히 듣기만 하는 게 아니라 쳐다볼 수도 있는 대상이라는 듯 아주 열심히 틸만의 연주를 음미했다. 연주를 끝냈을 때—까다로웠던 마지막 파트에서 겨우 실수를 면할 수 있었다—니나가 그의 어깨에 손을 올려놓고 입술을 살짝 내밀면서 말했다.

"틸만, 너는 기술의 완벽함이 아니라 강렬한 표현력에 강점이 있는 그런 피아니스트라는 걸 알겠어."

잔뜩 긴장했던 틸만은 한참 지나서야 겨우 얼굴에 미소를 떠올렸다.

"나는 피아노의 거장이 되고 싶은 생각은 전혀 없어." 틸만이 말했다. "내 연주가 최고가 아니라는 건 나 자신이 너무 잘 알고 있어. 물론 내 손가락 사이즈에 맞는 피아노를 만들어줄 수 있는 훌륭한 장인을 만나면 이야기는 달라질 수도 있겠지만."

그녀는 틸만의 말을 즉시 이해했다. 니나가 입술을 꽉 깨물면서 죄의식에 가득 찬 표정으로 '흠흠' 하며 신음을 내뱉었다. 거의 들리지도 않을 만큼 작은 소리였다. 그런 다음 손가락 끝으로 틸만의 머리를 쓰다듬었다. 이건 니나가 자신의 조롱이 잘못됐음을 사과하는 방식이었다.

틸만의 서재는 니나의 마음을 단번에 사로잡았다. 몇 년에 걸쳐 수집한 책이 오두막에 더는 들여놓을 자리가 없을 정도로 엄청난 분량이었다. 선반과 창문턱마다 책들이 아무렇게나 쌓였고, 심지어 바닥에도 여기저기 널려 있었다. 니나는 차를 홀짝거리고 고개를 좌우로 돌리면서 한 15분쯤 책 표지들을 살펴보았다. 가끔 이 책 저 책을 꺼내 의견을 말하기도 했는데, 긍정적 코멘트와 부정적 코멘트 사이를 널뛰듯 왔다 갔다 했다.

마침내 그녀가 혹시 책을 낭송하면 자기를 비웃을 거냐고 물었다. 아니라고 하자 곧바로 바닥에 있던 《독일 서정시집》을 집어 들어 잠시 뒤적거렸다. 마음에 드는 시를 한 편 찾은 니나가 그에게 시를 읽어주기 시작했다. 이날 처음으로 니나는 조롱기

하나 없는 아름답고 진지한 목소리로 시를 낭송하였다. 틸만은 그녀에게 고개를 끄덕여주었다. 아무도 직접 말을 꺼내지는 않았지만 앞으로 두 사람이 만날 때면 니나가 무언가를 낭송해줄 거라는 암묵적인 약속이 이루어졌다.

이어서 니나는 틸만이 그 동안 수집한 악보들을 구경했다. 그리고 뒤늦게 자신도 음악가라는 사실을 털어놓았다. 바이올린을 연주했다는 그녀는 자신의 수준이 꽤 높다며 자랑했다.

"난 열두 살 때 바이링겐 시립 실내오케스트라 단원이 됐어. 하지만 그건 크게 영광스러운 자리는 아니야. 바이링겐에서는 바이올린을 하는 사람이 나밖에 없어서 뽑힌 거니까."

그 후 그녀는 하이델베르크대학에 입학해 대학 오케스트라의 콘서트 마이스터가 되었다.

"그걸 신분상승이라고 주장하고 싶지는 않아."

니나가 하이델베르크에서 열리는 다음 콘서트의 초대권을 주겠다고 했지만 틸만이 거절했다. 이미 몇 년 전부터 그는 콘서트장에 발길을 끊었다. 엄청난 앉은키로 인해 뒤에 앉아 있는 사람의 시야를 차단한다는 걸 깨닫고 나자 마음이 불편했기 때문이다. 며칠 뒤 니나가 두 번째로 그의 집을 방문했을 때 그의 '모범적인 접대'에 대한 작은 보답이라며 바이올린을 가져와 솔로곡을 연주해주었다.

두 사람은 틸만의 키 문제에 대해서는 거의 화제에 올리지 않았다. 그건 언급할 필요가 없는 문제라는 공감대가 형성돼 있었기 때문이다. 키는 사소한 문제이며, 그들처럼 정신적인 영역의 것들을 더 선호하는 경우 키는 어깨를 한번 움찔할 정도의 가치도 없다는 게 그들의 생각이었다. 하지만 종종 니나가 땀을 뻘뻘 흘리며 손님용 의자로 기어 올라갈 때, 혹은 틸만의 옷장에 자신의 재킷을 걸어놓기 위해서는 까치발을 할 수밖에 없을 때 그녀의 얼굴 위로 어색한 미소가 스쳐 지나갔다. 하지만 그게 다였다.

"내 키가 보통이라는 사실에 대해서는 더 이상 언급하지 말자."

그녀가 그렇게 말하자 틸만도 그대로 받아들였다.

가끔씩 두 사람은 나골츠하우젠 시내로 산책을 나가기도 했다. 길을 걷다 우연히 마주친 관광객들은 다짜고짜 산책하는 그들을 향해 카메라셔터를 눌러댔다. 그 모습에 격분한 니나는 마치 버릇없는 어린이를 나무라는 것처럼 붉으락푸르락하는 얼굴로 고개를 흔들며 두 손을 내저었다. 그 정도로도 해결이 안 되면 니나는 사진을 찍어대는 사람들한테 달려가 목청껏 소리를 질렀다. 그럴 때면 틸만이 나서서 니나를 달랬다. 대부분의 관광객들은 오로지 자신을 보러 나골츠하우젠을 찾아온 사람들이라는 게 그의 변명이었다.

"저 사람들은 본질적인 것과 비본질적인 것을 구별할 능력이 없는 사람들이야. 일종의 정신적 결핍인 셈이지. 그런 사람들한테는 욕설을 할 게 아니라 오히려 연민을 느껴야 해. 정신적 결핍이 있는 사람들은 격분할 만한 가치가 없는 대상이라는 거 잘 알잖아!"

니나는 틸만의 말을 이해했다. 그리고 마음을 진정시켰다.

그렇게 몇 주가 흘렀을 때 그들은 첫 키스를 했다. 키스를 하면서도 그들은, 키스가 그것 없이는 살 수 없을 만큼 중요한 것은 아니라는 생각을 했다. 키스는 그냥 부드러운 눈길이나 다정한 말과 다를 바 없는 부수적인 행위일 뿐이었다. 그들한테는 두 사람의 영혼이 서로 닮았다는 사실이 더 중요했다. 함께하는 모든 순간에 그들은 이것을 느꼈다. 그건 정말이지 비밀투성이의 기적 같은 일이었다. 정신적 동질성에 육체적인 것은 그 어떤 영향도 미칠 수 없었다. 감정들을 숨기느라 대화 내내 유지하고 있는 반어적인 어투와 거리감은 단지 육체적인 영역에 해당되는 것이었다.

때때로 그들은 두 사람 사이에 당혹감에 빠지지 않고서는 절대 넘어설 수 없는 가느다란 선이 하나 존재한다는 것을 의식했다.

4부

"나의 일부가 이 세상에 남아 있다면
나는 완전히 사라지는 게 아니야"

열광

틸만은 독일을 완전히 사로잡았다. 시골 구석구석까지 틸만의 기구한 이야기가 전파되었다. 키가 크든 작든, 나이가 많든 적든, 머리가 좋든 나쁘든 가릴 것 없이 사람들은 전부 틸만에게 열광했고, 그의 성장이 언제까지 지속될지 주시했다. 일간지들은 일정한 주기를 두고 그의 키를 기사로 전해주었다. 틸만의 키가 1센티미터씩 자랄 때마다 속보가 나왔다. 날이 갈수록 그의 매력과 신비감은 더해졌고, 어느새 틸만은 독일의 가장 소중한 보물이 되었다. 공공시설이나 기념물처럼 누구나 즐길 수 있는 일종의 국가재산이 된 것이다.

틸만에 관한 신문기사와 쇼 프로그램은 이제 정확히 수를 헤

아릴 수도 없을 정도였고, 하늘을 찌르는 그의 인기는 쇼 MC, 축구선수, 패션디자이너 등의 인기를 훌쩍 뛰어넘었다. 사람들의 눈에 그는 살아 있는 기적이었다. 현실에 존재하지만 꿈 같고 동화 같은 세상에서 결코 벗어나지 않는 기적.

《우리의 보물 틸만—가장 아름다운 사진들과 가장 좋은 이야기들》이라는 제목의 포토북이 올해의 도서로 선정되었다. 저자는 틸만의 아버지에게 꽤 큰돈을 건네고 뵐칭거 일가의 일상을 담은 사진들이 들어 있는 가족앨범을 넘겨받았다. 그 덕분에 독일인들은 자신들의 우상이 세상에 갓 태어났을 때의 모습을 비롯해, 엄마 품에 안겨 있던 갓난쟁이 때의 모습, 짧은 바지에 빵빵한 책가방을 매고 있는 꼬맹이 때의 모습, 그 밖의 수많은 어린 시절 사진들을 볼 수 있었다.

프란치는(그 사이에 성년이 된 그녀는 나골츠하우젠의 어느 구두 가게에서 점원으로 일하고 있다) 어느 인터뷰에서 "나는 거인의 여자친구였어요"라며 솔직한 어투로 여러 가지 일화를 언급해 사람들을 즐겁게 해주었다. 그리고 사례금을 받고 자신의 앨범에서 몇 장의 스냅사진을 제공해 주었다. 책은 놀랄 만큼 빠른 속도로 팔려나갔다. 대다수의 사람들은 그 책을 구입하는 걸 당연하게 여겼다. 교육 수준이 그리 높지 않은 중산층 이하의 사람들에게 그 포토북은 필수 소장 도서가 되었다.

급기야 틸만을 기가 막힐 정도로 빼닮은 엄청나게 큰 플라스틱 인형이 시장에 출시되었다. 인형은 금세 재미있는 장식용 소품이자 장난감으로서 남녀노소 모두의 커다란 사랑을 받았다. 그걸 계기로 비슷한 기획상품들이 연달아 출시되었다. 지팡이만큼 길어서 글을 쓰는 용도로는 적합하지 않은 '틸만의 볼펜', '목말라 죽겠어요'라는 글귀가 새겨져 있는 양동이만 한 찻잔…… 그 밖에도 재떨이, 고무지우개, 주머니칼, 병따개, 때밀이수건 등 다양한 생활용품들이 평소보다 큰 사이즈로 출시되었는데, 제품에 대부분 '틸만'이라는 이름이 새겨져 있었다.

과도한 열기는 도무지 식을 줄을 몰랐다. 틸만은 이미 정상 범위를 넘어서는 모든 것의 대표였기 때문에, 조금이라도 지각 있는 사람이라면 우스꽝스러울 정도로 크기를 강조하는 물건들을 보면 아무 설명이 없어도 그 제품이 독일의 우상을 슬쩍 조롱하고 있다는 것을 쉽사리 눈치 챌 수 있었다.

틸만에게 각종 제안과 요청들이 쏟아져 들어왔다. 백화점과 놀이공원에 와서 서 있어달라는 요청, 테니스코트 개장식에 참석해달라는 요청, 토요일 저녁 텔레비전 쇼에 나와 피아노 연주를 해달라는 요청도 있었다. 무리한 요청은 아니었다. 가능하면 최신 유행가를 연주해주면 좋겠다고 했다.

뉘른베르크 크리스트킨들 마켓(크리스마스 용품을 사고파는 전통

노천시장—옮긴이 주)에 참석해 거인산타 옷을 입고 세상에서 제일 큰 렙쿠헨(대표적인 크리스마스 쿠키로, 견과류와 향신료를 넣고 반죽하여 구운 독일식 진저브레드—옮긴이 주)을 잘라달라는 요청, 샌프란시스코에서 열리는 미국야구위원회 주최 파티에 참석해 10분 동안 다트게임을 같이 하자는 요청, 뉴욕 엠파이어스테이트 빌딩 꼭대기에서 전 세계에서 모여든 텔레비전 방송사들과 인터뷰를 해달라는 요청, '제일 높은 빌딩에 있는 키가 제일 큰 남자'라나 뭐라나…… 아무튼 이런저런 핑계를 대며 꽤 많은 요청과 제안들을 거절했음에도 불구하고 틸만은 이제 세상에서 제일 바쁘고 돈도 많이 버는 남자였다.

전 세계의 여러 나라에서 모르는 사람들이 나골츠하우젠으로 편지를 보냈다. 중년부인들은 약간 흔들리는 글씨체로 수많은 장애를 잘 극복하고 모범적인 시민으로 성장한 그의 인생에 경의를 표하면서 앞으로도 계속 건강을 잘 유지하면서 오랫동안 행복하게 살아가기를 기원했다.

젊은 여자들은 한편으로는 수줍어하면서 조심스럽게, 또 한편으로는 아무래도 상관없다는 듯 꽤나 노골적으로 그에게 자신들의 사랑을 전했다. 자신의 사진을 보내는 여자들도 많았다. 수줍은 모습으로, 혹은 애절한 모습으로 미소를 짓고 있는 사진들이었다. 그중 어떤 사람은 자신의 곱슬머리를 잘라 편지에 동봉해 보내면서 답례로 틸만에게 똑같은 것을 요청했다.

어느 유명한 프랑스 여류 사진작가가 틸만의 사진을 찍어 '독일의 거인'이라는 타이틀로 잡지에 발표했다. 잡지에 실린 약력에 의하면 '우리 시대의 모든 중요한 인물들—대통령, 대중음악가, 교황 등—'의 사진을 찍은 적 있는 유명인사였다. 그녀가 찍은 틸만의 사진 시리즈는 전문가들의 열렬한 환호 속에 유명한 예술잡지에 실린 뒤 세계 여러 나라의 대도시 박물관들을 돌며 순회전시회를 열었다.

이탈리아의 어느 조각가는 폐차된 자동차에서 떼어낸 금속 패널과 제재소에서 나온 목재 폐기물을 이용해 틸만의 모습을 한 17미터 높이의 거대한 조각상을 만들었다. 그 조각상은 그의 인생에 제2의 전성기를 가져다준 훌륭한 예술작품으로 평가받아 로마현대미술관에 영구적으로 전시되는 영광을 얻었다.

또한 틸만은 마담 투소(밀랍인형을 만든 스위스의 여성 조각가 마리 투소가 창시하였다—옮긴이 주)라는 밀랍인형 전시관에도 들어갔다. 실물과 똑같은 모습의 틸만 인형은 보리스 베커와 귄터 그라스, 그리고 독일의 다른 주요 인사들 사이에 자리 잡았다. 틸만 인형은 실제 인물과의 유사성을 유지하기 위해 6개월마다 키가 몇 센티미터씩 커졌다. 밀랍 인형관의 오랜 역사에서 처음 있는 일이었다.

야외로 나가다

틸만의 어머니는 정육점 일을 그만두었다. 일 자체는 그리 힘들지 않았으나 가정의 재정상태가 근본적으로 개선되었을 뿐만 아니라, 나골츠하우젠의 유명인사가 된 아들 덕분에 뵐칭거 가문의 사회적 지위도 올라갔으므로 더 이상 그런 일을 할 필요가 없었다. 엄밀히 말하면, 틸만의 어머니가 정육점 점원으로 일하는 것은 용인될 수 없었다. 늘 그녀를 괴롭혔던 천식은 증세가 많이 호전되어 이제는 견딜 만했다. 간간이 호흡곤란이 오기는 하지만 그 정도는 웃으면서 넘길 수 있었다.

아버지는 정말 살판 만난 것처럼 얼굴에서 웃음이 떠나지 않았다. 나골츠하우젠의 거리를 걸어갈 때면 고개를 빳빳이 치켜들었다. 다들 그를 부러운 눈길로 쳐다보고 있는 것이 느껴졌기 때문이다. 어쩌다 우연히 시의회 의원이나 시청 고위관료라도 만나면 우월감을 느낄 정도는 아니지만 거의 동등한 지위에 있는 사람을 만난 것처럼 편하게 인사를 건넸다.

아버지는 아직도 여전히 틸만의 기사가 실린 모든 신문을 수집했다. 신문을 철해놓은 스크랩북이 몇 개의 선반을 다 채우고도 남아 바닥에 쌓여갔다. 기사를 오려내 벽에 붙이는 것은 진즉에 포기했다.

"집 안 전체를 신문기사로 도배할 수는 없지."

이렇게 아버지는 변명하였다. 하지만 특별한 내용이 실린 기사 서너 개는, 가정형편이 나아지면서 그에 걸맞게 아주 멋진 액자에 담겨 여전히 벽에 붙어 있었다.

클라우스-디터가 형기를 다 마치고 처갓집으로 들어왔다. 아내와 어린 딸아이 제니퍼와 함께 그는 2층의 방 두 개를 차지했다. 하지만 계속 무위도식하며 처갓집에 얹혀살 수는 없었다. 아무래도 눈치도 보이고 불편한 점이 한두 가지가 아니었기 때문에 클라우스-디터는 새로운 일자리를 찾아 나섰다. 그가 하고 싶은 일은 보험 관련 일이었다. 그의 말대로 전공 일뿐만 아니라 가장 관심을 갖고 있는 분야였기 때문이다.

그는 정기적으로 장인의 자동차를 빌려 슈바벤 지방의 여러 도시들로 면접을 보러 다녔다. 면접이 없을 때도 그는 늘 공사다망했다. 옛 친구들을 만나 술을 한잔 걸칠 때도 있었고, 처리해야 할 일거리들과 업무들이 늘 쌓여 있었다. 가족들은 대체 그가 왜 그렇게 바쁜지 알지 못했다. 그는 거의 밤늦게야 집에 돌아왔고, 드물지 않게 외박도 했다.

지모네는 그 어떤 풀도 자랄 수 없는 황무지처럼 계속해서 원기부족과 의욕상실에 시달렸다. 제니퍼는 몹시 활달한 아이로 기분이 시시때때로 바뀌는 바람에 엄마를 몹시 애먹였다. 저녁에 제니퍼가 잠이 들면 그때서야 지모네는 안도의 한숨을 내쉬면서 텔레비전 앞에 앉아 초콜릿을 마구 먹어치웠다. 육아로 인한 피로와 집 밖으로 도는 남편으로 인한 스트레스를 그런 식으로 푸는 모양인데, 예전에는 전혀 보여준 적이 없던 모습이었다.

게다가 요즘 들어 아버지하고도 자주 부딪쳤다. 냄새 때문에 못 살겠으니 담배를 끊어라, 좀 더 안락하게 살 수 있도록 방을 하나 더 달라, 현관에 쌓아놓은 맥주상자들을 치워라 등등 갈수록 까탈을 부렸다. 그러고도 늘 세상이 전부 못마땅하다는 듯 투덜거리기 일쑤였다. 결국 틸만이 안정적인 생활을 위해 지모네한테 따로 집을 얻어주겠다고 선언하고 나서야 상황이 종료되었다. 다들 편안해진 얼굴로 틸만에게 고마움을 표했다.

지모네는 눈물을 흘렸고 클라우스-디터는 신뢰가 생명인 보험 판매인의 진지한 표정으로 틸만의 눈을 쳐다보면서 그의 손을 부여잡고 한참을 흔들었다.

틸만은 행복했다. 이 세상에 니나 같은 여자가 존재한다는 것도 신기한데, 그 여자를 만날 수 있는 행운이 다른 누구도 아닌 그에게—정말 그에게!—주어졌다는 사실이 다만 놀라울 따름이었다. 니나는 본인이 틸만에게 얼마나 큰 행복감을 안겨주는지 잘 모를 것이다.

틸만은 니나의 정신세계를 사랑했다. 그녀와 함께 있으면 세상 모든 일이 늘 새롭고 아름답게 느껴졌다. 두 사람 사이에는 놀랍도록 많은 공통점이 있었다. 좋아하는 것도 비슷했고 싫어하는 것도 비슷했다. 알고 보니 높이 평가하는 영화도 같았고 마음에 들지 않는 책도 같았다. 한 사람이 말하면 다른 사람은 절로 그 사람의 말에 맞장구를 치면서 내용을 덧붙였다. 같은 말을 해도 늘 새롭게 느껴졌다.

니나의 미소는 세상에 하나뿐인 독특한 미소였다. 의미심장하면서도 개구쟁이 같은 미소, 입술로 웃는 게 아니라 눈꺼풀을 껌뻑거리면서 눈으로 웃는 그런 미소였다. 그 미소를 보고 있노라면 어찌나 친숙하게 느껴지는지 아주 오래 전부터 잘 알던 사이 같은 기분이 들었다. 그리고 동시에 지금 이 순간이 다시는 올 수 없는, 세상에서 가장 아름다운 순간이라는 것을 명확히 깨달았다.

그들은 종종 함께 연주했다. 니나의 표현을 빌리자면 그건 '선율로 나누는 대화'였다. 그걸 통해 그들은 말보다 더 깊고 친밀하게 감정을 공유했다.

가끔 틸만은 오두막집을 포기하고 시내에 집을 한 채 구해야 하지 않을까 고민했다. 니나가 정기적으로 그의 집을 방문하게 된 이래로 오두막집이 몹시 비좁게 느껴졌다. 손님을 맞이하는 입장에서 틸만은 니나가 집에 돌아갈 때까지 비좁은 오두막에서 불편하게 지내는 것을 면하게 해주고 싶었다. 평생에 딱 한 번 평범하지 않은 일, 어찌 보면 사치라고 할 수도 있는 일을 하면 안 될 이유가 무어란 말인가. 태어나던 순간부터 그를 옥죄던 소시민의 겸손한 울타리를 한번 뛰어넘으면 안 될 이유가 뭐란 말인가.

하지만 틸만은 곧바로 벽에 부딪쳤다. 그의 키에 맞는 '제대로 된 집'이라는 것이 얼마나 얼토당토않은 생각인지 문득 깨달았기 때문이다. 그 어떤 집도 거인인 그에게는 오두막보다 못한 인형의 집이 될 것이다.

설사 그의 키에 맞는 집을 구한다고 쳐도 그가 죽은 뒤 그 커다란 집을 대체 어떻게 처리할 것인지도 문제였다. 세상에 틸만 정도의 키를 가진 사람이 몇 명이나 되겠는가. 그러니 결국 그가 살던 집은 철거 이외에는 해결 방법이 없을 것이다. 그건 단순한 사치를 넘어서, 수중에 돈을 좀 가진 소시민이 감당할 수 없는 엄청난 낭비가 아닐 수 없었다.

그런데 분수에 넘치는 짓은 절대 하지 않는 틸만이라도 딱 한 가지 포기하지 못한 사치가 있었으니, 바로 오두막에 서재를 만든 것이다. 벚나무 목재로 만든 서가에다가 유리문까지 달린 근사한 서재였다. 교양 있는 시민의 양식인, 그가 그 동안 모아온 책들을 제대로 보관하기 위해서였다. 비용이 꽤 많이 들어가는 바람에 내심 사치라는 생각도 없지 않았으나 완성하고 보니 몹시 뿌듯했다. 그의 소유물 중 책이야말로 제일 큰 보물이었을 뿐만 아니라 책은 그에 합당한 좋은 환경에서 보관하는 것이 문화시민의 의무라고 여겼기 때문이다.

만약 책이 없었다면 그의 인생은 어땠을까? 틸만은 책을 접하고 나서야 현실에서는 허락되지 않았던 넓고 흥미진진한 세상을 경험할 수 있었다. 아마 책을 몰랐더라면 그는 아직도 우물 안 개구리 신세를 면치 못했을 것이다. 부모님 집을 벗어나 살아본 것도 딱 몇 년뿐이었고, 금세 다시 옛날의 제한된 생활로 돌아왔었다. 그리고 경제적으로 독립한 현재까지도 부모님의 집 정원이라는 피난처를 떠나고픈 마음은 없었다. 그는 거의 평생을 이 집에 붙박이다시피 살아왔는데도 아주 먼 길을 돌아온 것처럼 몸이 고단했다.

그에 비해 마음으로 하는 여행들은 훨씬 더 풍요로웠다. 머나면 지평선까지 갈 수도 있었고, 그곳에서 더 큰 발견들도 할 수 있었다. 그래서 마음의 여행은 늘 새로운 발견들을 간직한 채로 돌아왔다. 육체적으로는 좁은 섬에 갇혀 사는 신세였으나 정신적으로는 온 세상을 두루 돌아다닐 수 있으니 이거야말로 기막힌 아이러니가 아니겠는가.

종종 서재에서 좋아하는 책들을 물끄러미 바라보고 있노라면 문득 이런 생각이 틸만의 머리를 스쳐 지나갔다. 비록 책이 이렇게 집에 고이 모셔놓을 수 있는 물질적 형태를 갖추고 있지만 이거야말로 책에서 가장 의미 없는 사소한 부분이 아닐까 하는 생각 말이다. 책의 본질은 물질적인 형태를 뛰어넘었다. 책이 담고 있는 사상과 이야기는 수많은 다른 영역으로 확장되고 연결될 수 있기 때문이다.

그러므로 지금 이 순간 슈바벤 지방에 있는 이 작은 오두막에는 온 세상에서 뻗어온 실들이 한 곳에 운집되어 있었다. 각기 다른 수많은 시간들과 장소들이 지금, 여기로 몰려든 것이다. 그 결과 보잘 것 없던 오두막이 크기를 측정할 수 없을 만큼 커다란 세계가 되어버렸다. 지금 여기서 공간이 시간이 되고, 시간이 공간이 되어버린 것이다.

틸만의 오두막이 세워진 정원은 원래 잡초로 뒤덮여 있었다. 정원 같은 것에는 아무런 관심도 없던 부모님은 정원을 그냥 방치해두었다. 그런데 언제부터인가 틸만의 눈에 이 정원이 들어오기 시작했다. 그 동안 정원에 그토록 무심했던 자신이 이해가 안 될 정도였다. 바로 눈앞에서 살아가는 낙이 될 만한 일이 그를 기다리고 있었는데 어찌 그걸 여태 모를 수 있었는지.

틸만은 우선 정원을 빙 둘러싸고 있는 벽돌담장을 따라 포도나무를 심었고, 오두막 담벼락 앞에는 덩굴장미를 심었다. 화단도 새로 만들어 다양한 종류의 꽃을 심었다. 하루도 끊이지 않고 늘 꽃을 볼 수 있도록 개화시기를 달리 하는 꽃들을 신중히 고르고 골랐다. 맨 처음 피는 꽃은 그의 왕국을 새로운 색깔로 물들이고, 더불어 그의 마음에 설렘을 가져다줄 수 있는 꽃으로 심었다. 이제 봄부터 가을까지 그의 정원에는 단 하루도 꽃이 피어 있지 않은 날이 없었다.

틸만은 꽃들 중에서 특히 이름이 아름다운 꽃들을 사랑했다. '우유 별' '아가씨의 예쁜 눈' '샌들 꽃' '파란 비' '불타오르는 사랑' 같은 이름을 가진 꽃들 말이다. 화단 사이를 거닐 때면 틸만은 종종 마치 시를 읊조리듯이 그런 꽃 이름들을 혼자 나직하게 불러보았다. 오죽하면 별로 아름답지도 않고 특별한 매력도 없는 꽃을 단지 이름이 예쁘다는 이유만으로 화단에 심었겠는가.

어느 날 틸만은 니나와 함께 도심을 벗어나 야외로 나갔다. 아직 해도 뜨지 않은 새벽녘에 출발했다. 집 앞에 늘 사진사들이 진을 치고 있었기 때문이다. 그들은 얼굴을 다 가릴 만큼 커다란 카메라를 들고서 틸만이 현관문 밖으로 발을 내딛는 순간 어디선가 튀어나와 연신 셔터를 눌러댔다. 상대방의 기분 따위는 아랑곳하지 않는 무례한 사람들이었다. 그들은 마치 형사가 용의자를 미행하는 것처럼 끈질기고 뻔뻔스럽게 틸만의 뒤를 쫓았다. 다만 한 가지 형사와 다른 점이라면, 자신들이 뒤쫓고 있다는 사실을 전혀 숨길 생각이 없다는 것이다.

니나와 틸만은 사진사들의 추적을 따돌리기 위해 할 수 없이 꼭두새벽에 길을 나섰다. 아무리 부지런한 악마도 이렇게 이른 시간에는 매복지점에 숨어 있지 않았기 때문이다.

도로를 몇 개 통과하자 벌써 주택들이 점차 줄어들면서 나골츠하우젠의 시골 풍경이 시작되었다. 옥수수밭들이 완만하게 오르락내리락하면서 드넓게 펼쳐져 있었다. 새벽안개 속에서 어렴풋이 한 줄로 베어 눕힌 풀들이 보였다. 아직 사라지지 않은 마지막 별들이 하늘에 점점이 흩어진 채로 떠오르는 태양에 맞서 힘겹게 자신들의 존재를 알리고 있었다.

새 한 마리가 지저귀는 소리 이외에는 고즈넉하기 짝이 없었다. 틸만과 니나는 고요를 즐기며 어슴푸레하게 밝아오는 풍경을 둘러보았다. 새벽의 들판이 강렬한 인상을 남기며 그들의 마음을 위로해주었다.

요즘 들어 틸만은 지나온 인생을 되돌아볼 때가 많았다. 그럴 때면 몇 번의 중요한 전환점들이 유독 더 생생하게 떠올랐다. 지금도 그런 순간들 중의 하나였다.

"혹시 내가 지금 키 이야기를 꺼내면 듣기 싫으려나?"

틸만이 물었다.

"내용이 뭔가에 달렸겠지. 뭐 재미있는 이야기야?"

"일단 한번 들어봐. 혹시 도저히 못 들어주겠다 싶으면 중간에 끊어도 돼……. 난 가끔 나 자신에게 이런 질문을 해. 계속 자라는 내 키가 저주일까 아니면 축복일까, 하는 질문. 당연히 맨 처음 떠오르는 대답은 저주야. 거인으로 살아가는 것은 정말 힘들거든. 하지만 자세히 들여다보면 의외로 장점도 많아. 만약 키가 계속 자라지 않았다면 아마 나는 발전하지 못했을 거야. 끊임없이 갈고 닦아야 할 만큼 나 자신이 부족한 사람이라는 것을 깨닫지 못했을 테니까. 정신수양이나 인격도야가 노력할 만한 가치가 있는 중요한 일이라는 것도 몰랐을 테고."

"네가 지금까지 이뤄낸 것들은 정말 아주 대단해."

"키가 계속 자랐기 때문에 나는 어쩔 수 없이 나 자신에게 더 관심을 기울이게 됐어. 유감스럽게도 보통사람들이 누릴 수 있는 평범한 일들이 내게는 원천적으로 불가능했으니까. 내 마음속은 늘 공허했고, 무너지지 않으려면 그 빈자리를 뭔가로 채워야 했지. 그때 문득 이런 생각이 떠올랐어. 나 자신으로 그걸 메우자! 뭔가 붙잡고 나의 정신적 에너지를 쏟을 수 있는 게 필요했는데, 마침내 그걸 찾아낸 거지. 외부로 향하던 눈길을 내 내면세계로 돌린 거야."

"그럴 듯하게 들리는데? 어디 계속해봐."

"사람은 누구나 인생이 막다른 골목에 이르게 되면, 내 경우에는 시민으로서의 목표나 야망을 더 이상 꿈꿀 수 없는 인생이었는데, 결국 자신의 내면으로 눈을 돌리게 돼 있어. 그리고 인격과 품성을 도야하는 일에 몰두하게 돼. 정신세계도 더 풍요롭게 만들게 되고……."

틸만이 잠시 말을 끊고 생각에 잠겼다. 그의 얼굴에 언뜻 홍조가 떠오르자 니나가 그에게 미소를 보냈다.

"계속해봐! 내 옆에서는 그렇게 겸손할 필요 없어."

니나의 말에 용기를 얻은 틸만은 다시 부끄러움을 떨쳐버리며 말했다.

"너도 알다시피 만약 내 몸속에서 그 못된 뇌하수체호르몬이 정상적으로 작동했다면 아마 나는 그냥 평범한 시민으로 머물렀을 거야. 그리고 평생을 기와장이 일을 하며 지붕 위에서 보냈겠지. 말투는 알아듣기 힘든 슈바벤 사투리에다가, 식사예절도 몰라 음식을 먹을 때마다 쩝쩝거리면서…… 뷜칭거 가문의 가업을 물려받고 또 자식에게 그 일을 물려주면서……."

니나가 놀랍다는 듯 얼굴을 찡그리면서 짐짓 장난스럽게 훅 입김을 내뿜었다.

"내 사랑! 네 몸속의 뇌하수체호르몬이 정상적으로 작동했을 때 네가 어떤 사람이 되었을지 상상하니 소름이 쫙 돋네."

"당연해. 나 역시 그러니까. 어쩌면 〈베를리너 엑스프레스〉 신문의 정기구독자가 됐을 수도 있어. 그런데도 부끄러운 줄도 모르고 계속 의기양양하게 살아갔겠지."

니나가 혐오스럽다는 듯 양 손으로 자신의 양쪽 관자놀이를 꾹 눌렀다.

"그 정도로 나쁘지는 않았을 거라고 생각하자."

"아니, 분명히 그랬을 거야. 틸만 뷜칭거라는 사람은 원래 그렇게 타고났으니까. 그런데 그보다 더 끔찍한 게 뭔지 알아?"

"몰라. 어서 말해 봐."

"만약 그랬다면 절대 널 만나지 못했을 거라는 사실이야. 평범한 삶을 살아가는 기와장이가 대학에 초청받을 일은 절대 없을 테니까."

"맙소사, 그건 안 돼."

"설사 너를 만났다고 해도 그걸로 끝일 뿐, 인연이 더 이어지지는 못했을 거야. 넌 취향이 꽤 까다로운 여자니까. 서민가정 출신의 단순한 남자한테 넌 아마 아무런 감정도 못 느꼈을 거야."

"그랬을지도. 하지만 만일 네가 평범하게 살고 있었다면 아마 나의 무관심 따위에 별로 괴로워하지 않았을 거야."

아침 비행에 나선 나비들이 날개를 나풀거리며 들판 위를 날아갔다. 하얀 세상 속에서 알록달록한 점들이 움직였다. 기분 좋은 장난을 치듯이 나비들이 너울거리며 다시는 안 볼 것처럼 순식간에 안개 속으로 사라졌다. 그러더니 다음 순간 반짝거리는 수면 위로 물고기가 툭 튀어 오르는 것처럼 다시 그들의 눈앞에 나타났다.

"나는 종종 나 자신에게 물어." 틸만이 다시 말을 이었다. "혹시 내가 이룩한 것들 중에 오점은 없을까? 내면세계를 풍요롭게 가꾸려는 나의 노력은 사실 위기에서 비롯된 거야. 그건 자발적으로 시작된 게 아니었고, 무리하게 몰아붙인 측면도 있어. 그건 아름다운 일은 아니야. 지금 내가 이 정도로 여유 있게 살게 된 것도 따지고 보면 전부 비정상적인 신체 덕분이라는 사실이 늘 낙인처럼 나를 따라다녀. 불행이 나를 벼락부자로 만들어준 셈이야."

"그게 뭐 어때서?"

니나가 입가에 잔잔한 미소를 지으면서 틸만의 손을 붙잡았다.

"넌 모든 걸 너무 심각하게 생각하는 경향이 있어. 그냥 네 몸속의 뇌하수체호르몬을 칭찬하면 돼. 그게 너를 발전하도록 만들었으니까. 하지만 모든 걸 뇌하수체호르몬 덕분이라고 말하는 건 옳지 않아. 틸만, 세상에 네가 앓고 있는 질병만큼 하찮고 우스운 건 아무 것도 없어. 정말 네가 발전과 향상을 이루었다면 그냥 너 자신한테 고마워하면 돼. 너는 자유의지를 가진 사람이고 지금의 너를 만든 건 바로 너 자신이니까."

틸만이 고개를 저었다.

"아냐, 병든 사람은 절대 자유로울 수가 없어. 뇌하수체호르몬의 변화에 따라 기분이 시시때때로 달라지는데, 어떻게 자유의지를 가질 수 있겠어?"

"네 말이 맞아. 처음에는 아마 그게 너한테서 자유를 빼앗았을 거야. 하지만 그 다음에 너한테서 무슨 일인가 일어났어. 훨씬 더 중요한 일이! 바로 네가 너 자신을 제어할 수 있게 됐다는 거야. 너는 자유의지로 더 이상 병든 육체에 휘둘리지 않겠다고 결심했어. 못된 뇌하수체호르몬이 인간을 좌지우지할 수는 없어. 그럴 수 있었다면 뇌하수체한테는 아주 큰 영광이었겠지. 병을 네 마음대로 바꿀 수는 없어. 그래서 넌 너 자신을 다른 사람으로 바꾸는 쪽을 선택한 거야. 예의범절을 지키는 사람, 타인의 모범이 되는 사람이 되기로…… 더 나은 사람이 될 건지, 그대로 머물러 있을 건지의 선택권은 너한테 있었어. 그런 상황에서 네가 옳은 선택을 한 건 칭찬받아 마땅해."

도심으로부터 조금씩 소음이 들려오기 시작했다. 나골츠하우젠의 부지런한 사람들이 새로운 하루를 여는 소리였다. 고요한 아침이 슬슬 끝나가고 있었다. 돌아가야 할 시간이었다. 마지막 별들도 어느새 사라지고 없었다. 떠오르는 태양으로부터, 또 막 잠에서 깨어난 사람들로부터 도망칠 곳을 찾는 것처럼 서둘러 별들은 안 보이는 곳으로 모습을 감춰버렸다.

독일의 공룡

틸만의 건강이 악화됐다. 관절의 통증이 갈수록 심해졌다. 이젠 그걸 '고통'이라고 부르는 게 결코 과장이 아니었다. 걷기만 해도 온몸의 신경이 저릿저릿해지는 바람에 결국 그의 키에 맞는 T자형 지팡이 두 개에 몸을 의지해야 겨우 평소의 절반 정도 속도로 걸을 수 있었다. 이제 오두막 안에서 돌아다니는 것도, 정원으로 나가는 것도 너무 겁나서 틸만은 하루 온종일 그냥 아무 것도 안 하고 소파에 딱 들러붙어 있었다.

얼마 전부터 두 다리의 감각이 점차 없어지는 것이 느껴졌다. 예전에 마이어-헬베르거 교수가 설명했던 대로 혈액순환 장애가 시작된 것이다. 키의 성장속도를 따라가지 못한 심장이,

심장에서 제일 멀리 떨어진 말단 조직까지 혈액을 원활하게 공급하지 못해 벌어진 일이었다. 하루 중 절반은 틸만의 발과 종아리가 완전히 무감각한 상태였다. 요즘 그는 자신의 다리가 무릎에서 끝나는 것 같은 기분이었다. 그래서 서 있거나 걸음을 걸을 때 바닥에서 붕 떠 있는 것 같다는 착각을 했다. 발을 씻을 때도 물이 차가운지 따뜻한지 느낄 수 없었다.

언젠가 한번 양말을 신고 오두막 안을 걸어가다 실수로 한쪽 발이 식탁에 부딪쳤는데, 딱딱한 가구가 둔탁한 소리를 내면서 손가락 두 마디 정도 뒤로 밀려났음에도 불구하고 틸만은 통증을 전혀 느끼지 못했다. 정확한 이유는 모르겠지만 그의 발은 거의 마취를 한 것과 다름없는 상태였다. 이제 발은 더 이상 그의 몸뚱어리에 속하지 않고 독립해서, 앞으로는 자신에게 생기는 모든 일을 스스로 처리하기로 결정한 것처럼 보였다.

틸만은 죽음이라는 단어를 자주 떠올렸다. 끝이 다가오고 있다는 여러 징후들이 틸만으로 하여금 평소의 신중함과 침착함을 잃고 허둥지둥하게 만들었다. 언젠가 성장이 멈추게 되면 더불어 죽음도 물리칠 수 있을 거라던 희망은 이미 약발이 떨어졌을 뿐만 아니라 오히려 상황이 거꾸로 돌아가고 있었다. 즉 끝없이 계속되는 성장은 그가 죽어야 비로소 멈출 것 같았다. 틸만은 되도록 죽음에 관한 생각을 떨쳐내려 애썼다. 부정

(否定)과 배제의 유희를 지속한 것이다. 하지만 명확한 사실로부터 허겁지겁 도망치려 했으나 허사였다. 생사는 이미 정해져 있었다.

그럼에도 불구하고 틸만은 자신이 심리적으로 크게 위축되지 않는 것에 오히려 놀랐다. 날마다 조금씩 더 확고하게 그의 삶 속으로 밀고 들어오는 죽음은 그 어떤 도피도 허용하지 않았다. 결국 틸만은 오래 전부터 실천해온 금욕주의적 자세로 죽음을 대했다. 금욕주의는 틸만이 질병으로 인해 어쩔 수 없이 갖게 된 여러 가지 삶의 자세들 중 하나였다. 그는 턱밑까지 물이 차올랐을 때 용기를 잃지 않고 고개를 수면 위로 바짝 치켜드는 법을 배웠다. 높다란 장벽에 부딪쳐 용기를 잃었을 때 용기를 되찾는 법도 배웠다.

니나는 조롱하는 느낌이 들지 않도록 애쓰면서, 또 적당히 놀라움도 곁들여서 틸만에게 그의 '베토벤 같은 유쾌한 태도'에 놀랐다고 말했다. 사실 그에게는 불확실한 것에 대한 불안감을 이겨낼 수 있는 놀라운 힘이 있었다. 그는 침착함을 계속 유지했다. 예전에는 갖지 못했던 내면적인 자유에서 비롯된 힘이었다. 어떻게 그런 힘을 갖게 됐는지, 또 그 힘이 어디에서 왔는지 알지 못했다. 하지만 그가 그런 힘을 갖고 있다는 사실만큼은 분명했다.

털만은 신문과 텔레비전 인터뷰를 일체 중단했다. 백화점과 크리스마스마켓의 홍보활동 요청도 거절했고 유명한 화가와 조각가의 모델 일도 그만두었다. 그를 세상과, 또 세상의 그로테스크한 요구들과 연결시켜 주었던 모든 끈을 잘라버린 것이다. 이런 건강 상태로 사람들 앞에 모습을 드러내는 것은 무리였다. 명성과 기이함이 그에게 부과했던 힘든 임무를 더는 수행하고 싶지 않았다. 전국적으로 사람들이 마련해준 각종 무대에서 물러나는 일은 쉽지 않았다. 하지만 얼마 남지 않은 시간을 털만은 오로지 니나와 소중한 가족들을 위해 쓰고 싶었다.

털만이 공개석상에서 모습을 감추자 신문을 비롯한 대중매체들은 흥분했다. 그들은 털만이 전략적인 이유로 노출을 줄이는 거라는 추측성 기사를 남발했다. 대중들의 호기심을 자극해 더 큰 주목을 받으려는 목적으로 비밀스러움과 신비감을 극대화시키려는 전략을 쓰고 있다는 식이었다. 하지만 한편에서는 어쩌면 그의 실종이 건강악화 때문일지도 모른다는 우려도 제기되었다. 멈추지 않는 성장으로 인해 모습을 감추어야 할 만큼 극심한 고통에 시달리고 있을지 모른다는 우려였다.

털만에 대한 연민의 물결이 전국을 뒤덮었다. '거인 털만에 대한 우려' '독일의 거인은 대관절 얼마나 아픈 건가?' '불쌍한 틸만—당장 내일이 마지막 날이 될 수도 있다'…… 급기야 언론은 그에게 살날이 얼마나 남았는지 계산하기 시작했고, 우려를 곁들여 틸만의 육체적, 정신적 상태에 대해 자세히 보도했다. 어제는 죽음이 임박한 것처럼 보도했다가 오늘은 또 완벽하게 건강을 회복했다는 식으로 논조가 오락가락했다.

오스트레일리아의 어느 신문에서는 틸만을 공룡에 비유했다. 진화과정에서 계속 몸집이 커지다가 급기야 한계에 도달해 생존능력을 상실한 종족 말이다.

'공룡은 목이 너무 길어 뇌가 신체에 보내는 명령들이 중간에 실종됐다. 그래서 언제부터인가 다리와 꼬리, 그 밖의 다른 신체부위들이 미친 듯이 따로 놀았다. 전문가들은 독일의 공룡도 조만간 그렇게 될 거라고 예상하고 있다.'

틸만의 서른 번째 생일이 코앞에 닥쳤다. 또한 우연히 생일 즈음에 그의 키가 3미터에 이를 거라는 예상이 나왔다. 각자 그 자체로도 충분히 흥분할 만한 일인데, 두 사건이 동시에 일어난다는 것은 정말 센세이셔널한 일이 아닐 수 없었다.

떠들기 좋아하는 언론이 이런 좋은 기회를 놓칠 리 만무했다. 언론계는 틸만의 건강에 대한 온갖 억측과 우려를 쏟아내면서 그의 생일날 국가적인 기념행사를 열어야 한다고 주장했다. '삼'과 '삼십'이라는 숫자에 특별한 의미가 부여되며 사람들 입에 오르내렸다. 고양된 분위기와 열기가 전국적으로 퍼져나갔다. 그리고 수많은 사람들이 자신들의 영웅의 실물을 직접 확인하기 위해 나골츠하우젠으로 몰려들었다.

드디어 그의 서른 번째 생일날, 특별열차들이 속속 나골츠하우젠의 기차역에 도착했다. 열차들은 수많은 사람들을 플랫폼에 내려놓았다. '틸만은 위대하다'는 문구가 적힌 티셔츠에 챙이 긴 모자, 그 밖의 이런저런 기념품들을 걸친 사람들은 흑색-적색-황금색의 독일국기를 손에 들고 열심히 흔들었다.

나골츠하우젠의 구도심 지역은 카니발을 방불케 하는 혼란이 퍼져나갔고, 거리와 광장은 관광객들에게 완전히 점령당했다. 최소한의 질서유지를 위해 경찰관 백여 명이 동원되었으나 인파를 안전한 길로 유도하기에도 쩔쩔맬 정도였다. 나골츠하우젠의 호텔과 펜션의 방이 완전히 동나는 바람에 관광객들은 숙소를 찾아 인근 지역으로까지 가야 했다. 주점과 레스토랑들도 물밀듯 밀려드는 사람들을 감당하지 못해 쩔쩔맸고, 수많은 이동식 소시지가판대가 그 틈새를 파고들었다. 그것으로도 해결이 안 되자 나골츠하우젠에 주둔하고 있는 독일군대가 시청사 앞에서 임시식당을 열었다.

전 세계에서 찾아온 기자들이 꼭두새벽부터 틸만의 집 앞에 몰려들었고, 사진사들은 좋은 사진을 찍기 위해 경쟁적으로 도로표지판과 가로등의 기둥 위로 기어 올라갔다. 틸만의 집 정원 담장을 넘으려고 시도하거나 이웃집의 지붕 위로 올라가는 사람들도 있었다. 경찰은 꼭 필요한 경우에만 저지에 나섰다.

그날 틸만은 은신을 포기하고 사람들 앞에 모습을 드러냈다. 전 세계에서 몰려든 사람들을 실망시킬 수는 없었다. 그는 한 시간에 한 번씩 집 앞에 나와 사진 촬영에 응했다. 인터뷰도 하고 손도 흔들고 사인도 해주었다. 그러다 결국 시내를 한 바퀴 쭉 돌기까지 했다. 틸만은 의연하고 당당한 태도를 유지하면서 골목골목을 누볐고 "틸만! 틸만!"을 연호하는 군중을 향해 두 팔을 쭉 들어 올려 손을 흔들어주었다. 발코니에서 꽃과 사탕을 던지는 사람들을 향해 인사를 건넸고, 또 감격한 엄마들이 그에게 건네준 젖먹이들을 품에 안아주었고…….

그의 명성은 그날 절정에 이르렀다. 전 세계 모든 나라의 신문들이 독일의 거인에 관한 기사를 실었다. 아주 먼 곳, 세상과의 교류를 차단하고 있는 독재국가들에서까지 그의 사진을 텔레비전 화면에 가득 채웠다.

죽음이 다가오다

이른 아침에 틸만은 들판을 거닐었다. 이번에는 혼자였다. 니나가 일 때문에 하이델베르크에 다니러 갔기 때문이다. 간밤에 쏟아진 폭우로 길이 완전히 진흙탕으로 변하는 바람에 상당히 위험했다. 마치 길 위에 사악한 점액질층 한 켜가 뒤덮여 있는 것 같았다. 발을 내디딜 때마다 철퍼덕 소리가 나면서 발바닥이 자꾸 밑으로 가라앉았다. 앞서 걸어간 커다란 발자국들이 있어 두렁을 찾는 것은 어렵지 않았다. 밤새 비를 다 뿌리지 못한 구름들이 동터오는 하늘에서 무거운 몸을 이끌고 저 멀리 사라져가고 있었다.

틸만은 정말 기분이 좋았다. 관절의 통증도 거의 느껴지지 않았다. 평소와 달리 관절의 통증이 일시적으로 사라진 덕분에 오랜만에 교외로 나와 다시 한 번 이 길을 걷게 된 것이다. 마치 꿈속에서처럼 전혀 힘들이지 않고 허공에 붕 떠 있는 기분이었다.

그런데 자꾸 발밑에서 철퍼덕거리는 소리가 들려 조금 혼란스러웠다. 자신의 발이 끈적거리고 미끈거리는 바닥에 닿고 있다는 사실을 자꾸 상기시켰기 때문이다. 그래도 허공에 붕 떠 있는 것 같은 아름다운 환상은 전혀 깨어지지 않았다.

아침 여명 속에서, 길가에 있는 수양버들의 나뭇잎에서 은빛 물방울들이 뚝뚝 떨어지고 있었다. 길은 내리막길이었다. 그 덕분에 걷는 것이 훨씬 쉬워져 미끄러지듯 저절로 발걸음이 빨라졌다. ……그런데 아뿔싸, 정말로 미끄러지는 바람에 앞으로 고꾸라져 버렸다. 마치 보이지 않는 손이 그를 잡아당기는 것 같았다. 허공에서 수양버들의 나뭇가지들이 흔들렸고, 진흙탕 물이 틸만의 머리 주위로 팍 튀어 올랐다.

다시 정신을 차리고 보니 태양이 이미 하늘 높이 솟아 있었다. 10시나 11시쯤 된 듯했다. 어쩌면 그보다 더 됐을 수도 있고…… 그는 물웅덩이 한가운데에 누워 있었다. 몸통은 작은 늪을 이루고 있는 물웅덩이에 거의 잠겨 있었고, 단지 두 팔만 물웅덩이 가장자리에 살짝 걸친 채 비스듬히 마른 땅을 향해 뻗어 있었다. 고개를 돌려보니 잡초들과 농작물들이 보였다. 그리고 발이 땅에 닿아 있는 것이 보였다. 그 자체로 독립적인 발을 빨리 웅덩이 밖 안전한 곳으로 옮겨야겠다는 생각이 들었다.

털만은 몸을 일으키려 했으나 금세 다시 쓰러졌다. 물에 완전히 젖어버린 재킷이 납덩이로 만든 조끼처럼 무겁게 그를 밑으로 잡아당겼다. 할 수 없이 몸을 굴려 물웅덩이 속에서 두 손으로 바닥을 짚은 다음 가장자리에 있던 두 발을 몸 쪽으로 바짝 끌어당겼다. 그런 자세로 한참을 낑낑대다가 어찌어찌해서 가까스로 두 다리로 일어섰다. 몸이 비틀거렸고, 가슴은 옥죄는 것처럼 갑갑했다. 그 순간 다시 바닥으로 넘어질 뻔했으나 겨우 중심을 잡고 다시 한 발을 웅덩이 밖으로…….

따스한 바람이 들판 위를 스치고 지나갔다. 햇볕이 빗물을 머금은 무거운 이삭들한테 원래의 황금빛을 되찾아주었다. 털만은 빙판길을 걸어가듯 조심스레 발자국을 떼었다. 갑자기 서늘한 기운이 온몸을 훑고 지나가면서 부들부들 떨려왔다. 몇 시간을 꼼짝도 못하고 물속에 누워 있었으니 그리 놀랄 일도 아니었다.

집으로 돌아가야 할 길이 까마득히 멀게 느껴졌다. 극심한 긴장에 사로잡혔을 때처럼 심장이 마구 뛰었다. 수시로 찾아오는 현기증과 호흡곤란 때문에 두세 걸음에 한 번씩 멈춰 서서

숨을 고르기 위해 심호흡을 해야 했다. 물웅덩이가 나와도 그냥 철벅철벅 걸어갔다. 길 가장자리로 돌아갈 만한 기운이 없었기 때문이다.

마침내 멀리서 인가가 보였을 때 그제야 틸만은 마음이 놓였다. 늦은 시간이라서 그런지 길거리에는 행인들이 많지 않았다. 맞은편에서 걸어오던 사람들이 온몸에 진흙을 묻힌 채 만취한 사람처럼 비틀거리면서 길 가장자리를 따라 걷고 있는 틸만을 보았다. 그들은 눈을 휘둥그레 뜨고 그를 지켜보았다. 멍청한 표정이 종종 틸만을 짜증나게 했던 이웃집 소년이 껑충거리며 뛰어오다 크게 외쳤다.

"왜 그래요, 아저씨? 무슨 일 있어요? 어디서 넘어진 거예요?"

틸만은 몇 마디 퉁명스럽게 대꾸하고는 계속 앞으로 걸어갔다. 드디어 부모님의 집이 시야에 들어왔다. 저기까지만 가면 된다는 생각에 정원의 작은 철제대문을 향해 죽을힘을 다해 걸어갔다.

갑자기 카메라를 든 여자가 어디선가 튀어나와 그의 앞을 가로막았다. 눈앞에 보이는 광경이 믿기지 않는지 여자 사진사가 눈을 동그랗게 뜨고 입을 멍하니 벌린 채 잠시 틸만을 올려다보았다. 하지만 틸만은 얼굴을 일그러뜨리고 이삼 미터쯤 남은 계단을 향해 휘청거리며 걸어가 대문 손잡이를 향해 손을 뻗었다. 그 순간, 평생에 한 번 만날까 말까 한 기회를 놓칠세라 그녀가 잽싸게 카메라를 들어 올려 사진을 찍었다.

결국 그 일로 인해 틸만은 폐렴에 걸렸다. 생명이 위태로울 정도는 아니었으나 완치가 안 되고 계속 증상이 호전됐다 악화됐다 하며 재발되는 바람에 12주 동안이나 꼼짝도 못하고 자리보전하고 누워 있어야 했다. 마침내 자리를 털고 일어났으나, 완치 판정을 받고 건강을 완전히 회복한 것과는 거리가 멀었다. 예전부터 그를 괴롭혔던 각종 통증들의 증세가 더욱 심해진 것이다. 이제 그의 육체는 통증을 이겨낼 만한 힘이 없었다. 그 사이에 많이 쇠약해진 심장이 특히 그를 애먹였다.

극심한 피로감이 수시로 그를 덮쳤다. 그럼 최소 30분에서 길게는 하루 온종일 안락의자에 앉아 쉬어야 했다. 몸을 못 움직이는 것은 당연했고, 무기력감과 피로감 때문에 생각조차 하기가 힘들었다. 거의 초인적인 인내심으로 지금까지 온갖 역경들을 극복해왔던 육체가 무너지기 일보 직전이었다. 틸만은 이제 고통에 저항할 능력을 완전히 상실했다. 그래서 모든 비정상적인 고통들에 힘겹게 맞서기보다는 차라리 고통들과 타협하는 쪽을 택했다.

마이어-쉘베르거 교수가 일주일에 한 번씩 틸만을 검사했다. 지독한 통증에 시달리는 환자가 슈투트가르트까지 찾아가는 건 무리라 마이어-쉘베르거 교수가 직접 나골츠하우젠을 방문했다. 그는 아직도 계속되고 있는 틸만의 성장을 정확히 기록으로 남기기 위해 매번 틸만의 선 키와 앉은 키, 그리고 누운 키를 측정했다. 통증을 완화시키기 위한 여러 가지 치료법도 시도했다. 하지만 단지 통증완화가 목표였을 뿐 근본적인 치료를 기대하지는 않았다.

각종 검사와 측정 과정에서 그는 틸만의 병세에 대해 간간이 조심스러운 코멘트를 하곤 했다. "오늘은 맥박이 잘 안 잡히는군." "요즘 들어 호흡이 많이 거칠어진 것 같아 걱정이네." 그런 말을 들어도 틸만은 교수에게 추가적인 질문은 일절 하지 않았다. 제 몸이 지금 어떤 상태인지는 누구보다 본인이 잘 알고 있기 때문이다.

한번은 다소 긴 검사가 끝날 무렵 마이어-쉘베르거 교수가 심각한 표정으로 틸만을 쳐다보았다. 그러다 안경을 벗어 마치 무슨 의식을 치르는 것처럼 천천히 안경다리를 접어서 케이스에 집어넣은 다음 입고 있는 가운의 주머니에 쏙 집어넣었다.

"아무래도 이 말을 안 할 수가 없겠군, 뷜칭거 군. 그리 좋은 말은 아니네. 자네 몸무게가 이제 거의 한계치에 도달한 것 같네. 심각한 상태라고 할 수 있지. 오늘 한 검사 결과로는 이미 비상경고등이 켜진 상태일세."

마이어-쉘베르거 교수는 손가락을 이용해, 자신의 잘생긴 두상에 거의 완벽하게 대칭을 이루며 덮고 있는 희끗희끗한 머리카락을 뒤로 쓸어 넘겼다.

"자네도 알다시피 정확한 진단을 내리는 건 불가능하네. 우린 앞으로도 계속 자네의 상태를 조심스럽게 관찰해야 하네. 하지만 이거 한 가지는 확실해 보이네. 자네의 몸이 더 이상 이 통증을 감당할 수 없는 단계에 접어들었다는 거."

"제 생각도 그렇습니다."

마이어-셸베르거 교수가 눈을 동그랗게 뜨며 틸만을 쳐다보았다

"자네 말은 지금……."

"교수님, 저는 주의 깊은 환자입니다. 제 몸이 지금 거의 한계치에 이르렀다는 것을 저도 이미 느끼고 있습니다."

틸만은 교수를 향해 평온한 미소를 지었다. 그리고 팔을 앞으로 쭉 내밀어 교수의 어깨를 토닥여주었다. 대가에 대한 경외심으로 쭈뼛거리던 남자는 사라지고 없었다. 마이어-쉘베르거 교수의 번지르르한 말에 가볍게 대꾸할 수 있는 용기와 함께, 거들먹거리는 태도쯤은 개의치 않고 미소를 지을 수 있는 마음의 여유도 갖고 있었다. 또한 틸만은 이미 많이 가까워

진 교수에게 라틴어와 그리스어로 된 전문용어는 가급적 쓰지 말고 독일어로, 그냥 일상적인 독일어로 말해달라고 요청한 바 있었다. 교수 또한 그렇게 하겠노라고 약속했다.

"무슨 말인지 알겠네, 뵐칭거 군. 이런 상황에서…… 자네처럼 의연함을 잃지 않는 환자는 많지 않네. 자네가 얼마나 심지가 굳은 사람인지 내 익히 알고 있네. 이런 때일수록 그건 큰 장점이 되네……. 지금 자네가 고통을 호소하고 있는 호흡곤란에 관해 말을 하자면……."

마이어-쉘베르거 교수는 의학적인 질문이 나올 경우 자기도 모르게 마치 강연하듯이 아주 길고 상세하게 답변하는 버릇이 있었다. 그럴 때면 틸만은 편안하게 앉은 자세로 딴 생각에 빠지곤 했다. 회복불능의 불치병에 걸린 환자는 주치의의 말에 더 이상 귀를 기울이지 않을 권리가 있다고 여겼기 때문이다.

한참 뒤 틸만이 고개를 들었을 때 마이어-쉘베르거 교수가 침묵하며 그를 쳐다보고 있는 것을 깨달았다.

"미안합니다, 교수님. 오늘은 이상하게 이야기에 집중이 잘 안 되네요. 혹시 저한테 뭘 물어보셨나요?"

마이어-쉘베르거 교수의 얼굴에 순간적으로 당혹감이 떠올랐다 사라졌다.

"다시 한 번 물어보겠네. 자네가 죽게 될 경우 시신을 어떻게 처리할지 생각해본 적 있나?"

틸만이 어깨를 으쓱했다.

"장례식에 대해서는 생각을 해봤습니다만."

"당연히 그랬겠지……."

교수의 얼굴에 어색한 미소가 떠올랐다.

"내 질문의 요지는 그게 아닐세. 자네가 죽게 될 경우 내게 시신을 해부할 수 있는 권한을 주었으면 하네. 의학적으로 그건 아주 가치 있는 일이 될 걸세. 사후에라도 자네 뇌를 해부해 보면……."

"'사후'라는 말은 아직 하지 말아 주십시오, 교수님."

"자네 뇌의 해부는 의학 발전에 큰 기여를 하게 될 걸세. 알다시피 자네의 질병은 지금까지 거의 연구가 없었던 분야거든. 게다가 나는……."

틸만이 부드러운 손짓으로 교수의 말을 중단시켰다.

"좋습니다. 교수님의 뜻을 따르겠습니다. 살아생전 별로 쓸모 있는 사람이 될 기회가 없었는데 죽어서라도 그런 기회를 갖게 된다면 나쁠 게 없지요."

마이어-쉘베르거 교수가 너무 티 나지 않게 기뻐했다.

"고맙네, 뵐칭거 군. 이렇게 빨리 결단을 내려줘서! 모든 환자가 다 그럴 수 있는 건 아닌데…… 설명을 좀 덧붙이자면 해부는 자네 뇌에만 국한되는 게 아니네. 내 관심은 내부 장기 전체에도 해당되네. 예를 들어 자네의 폐는 보통사람보다 두 배 정도 크지. 신장은 두 배 반 정도 크고. 그러니 해부를 통해 우린 아주 유익한 결과를 도출할 수 있을 걸세."

틸만은 다시 불치병 환자의 권리를 사용해 딴 생각에 빠진 채 고개를 끄덕였다.

저녁에 틸만은 아버지와 마주앉았다. 아버지는 요즘 이삼 일에 한 번 정도 아들과 대화를 나누기 위해 그의 오두막을 찾았다. 틸만은 그걸 거절하지 않았다. 맞다, 가끔은 와인까지 곁들여 한 30분쯤 나누는 부자간의 대화에서 기쁨을 얻기도 했다. 새삼스레 아버지에 대한 정도 느꼈다. 아마 헤어질 날이 얼마 남지 않았기 때문일 것이다.

아버지에게 마이어-쉘베르거 교수와 나눈 대화에 대해 이야기했다. 시신 해부라는 말을 꺼냈을 때 아버지가 눈을 동그랗게 뜨고서 의자 앞으로 상체를 숙였다.

"뭐라고? 그분이 정말 널 해부하고 싶어 한단 말이냐? 그건 ……."

아버지의 입에서 나직한 신음소리가 새어나왔고, 동시에 눈빛이 반짝거렸다. 좋은 먹잇감을 찾아낸 교활한 사업가의 표정이었다.

"나라면 그렇게 금세 허락하진 않았을 게다. 뭐 어쨌거나 교수는 너한테 그 대가를 지불해야 돼. 푼돈 정도로는 어림도 없는 일이야!"

"어째서요?"

"어째서라니! 원하는 게 있으면 대가를 지불하는 게 당연한 세상 이치니까. 세상에 공짜는 없는 법이거든."

틸만이 한숨을 길게 내쉬었다. 절대 화를 내지 않고 아버지를 설득해야 했다.

"그게요, 아버지. 지난 몇 년 동안 나는 이 기이한 육체로 계속 돈을 벌어왔어요. 그런데 죽은 다음에까지 내 몸뚱어리를 이용해 돈을 벌고 싶지는 않아요. 정말이지 그런 일은 살아생전으로 끝냈으면 좋겠어요."

"얘야, 꼭 그렇게만 생각할 건 아니다. 의사선생님은 좋은 분이니까 상응하는 대가를 지불해야 해. 그 문제에 관해서는 더 이상 말하고 싶지 않구나."

"아버지 말마따나 그 좋은 분이 시신 해부가 의학 발전에 크게 기여할 거라고 약속했어요."

아버지가 손가락으로 의자등받이를 톡톡 치며 말했다.

"젠장, 의학 발전이라고? 시답잖은 소리는 그만둬라. 교수는 무조건 해부에 대한 대가를 지불해야 돼. 그자도 분명 그걸로 대가를 받을 테니까. 푼돈도 아니고 아마 꽤 큰돈일 걸!"

벌써 오래 전에 야외에서의 기와장이 일을 그만뒀는데도 아버지의 얼굴은 여전히 붉은 기가 넘쳤고 땀방울까지 송골송골 맺혀 있었다.

"의사라는 작자들은 전부 사기꾼이야. 그 점에서 그 교수도 다를 바 없어. 그자는 네 덕분에 몇 년 전부터 떼돈을 벌어들이고 있어. 안 그러냐? 네 입으로 그자가 너에 관한 책을 한 권 썼다고 말하지 않았냐?"

틸만이 미소를 지었다.

"한 권이 아니라 두 권이에요."

"그것 봐라!"

"그리고 조만간 세 번째 책이 출간될 예정이고요."

"얼씨구!"

아버지가 맥주를 한 모금 들이켰다. 거의 코를 술잔에 들이박은 채 콧바람을 불면서 마시는 바람에 맥주가 주르르 흘러넘쳤다.

"아마 해부는…… 슈투트가르트에서 진행될 거예요……. 아버지도 아시다시피 많은 사람들이 참석하는……."

"의학 심포지엄 같은 거 말이지."

“맞아요! 마이어-쉘베르거 교수가 전 세계에서 전문가들을 초청했다고 했어요. 그들이 다루고자 하는 건 바로 나예요……. 그런데도 아버지는 그걸로 교수님을 비난할 건가요? 그분은 자신이 해야 할 일을 하는 것뿐이에요. 나는 이제 아주 유명한 환자거든요.”

“내 말이 바로 그거다! 그는 지금 널 마지막으로 이용해 먹으려는 수작이야.”

“아버지처럼 말이죠!”

틸만은 그렇게 말한 뒤 거의 붉으락푸르락한 얼굴을 한 채 손수건으로 연신 땀을 훔쳐내는 아버지에게 다시 맥주를 따라 주었다.

틸만의 피아노는 이제 슬프게도 아예 못 쓰는 가구가 되어버렸다. 아주 작은 소품조차도 연주할 엄두를 내지 못했다. 손가락이 너무 커져버린 데다가 발과 다리처럼 감각도 거의 사라졌기 때문이다. 예전에 그랬듯이 머릿속으로 아름다운 화음을 떠올리며 상상의 나래를 펼치는 것은 아무런 위안이 되지 못했다. 위안은커녕 오히려 그에게 정신적인 고통을 안겨주었다. 그의 처지를 잊게 만드는 대신 그가 잃어버린 게 뭔지 더 절실히 깨닫게 만들었기 때문이다.

더 이상 화음은 그를 키가 크든 작든 상관없는 드넓은 세상으로 나가게 해주는 문이 아니었다. 그와 음악 사이에 보이지 않는 거대한 벽이 가로놓인 기분이었다. 가까이에 아름다움이 있다는 것을 느끼는데도 불구하고 그는 그 아름다움에 결코 도달할 수 없었다.

여름이 아주 오래 지속되었다. 9월 말인데도 여전히 여름 날씨였다. 틸만과 니나는 대부분의 시간을 정원에서 보냈다. 틸만은 여전히 화단 가꾸는 일을 좋아했고 니나는 솜씨는 별로 없었지만 힘닿는 만큼 열심히 틸만을 도와주었다. 하지만 대부분 꽃나무를 붙잡고 해야 하는 정원일이 틸만에게는 이제 무리였다. 니나는 화단의 흙을 고르거나 삽질을 할 때면 선베드에 앉아 있는 틸만에게 "내가 별로 재능도 없는 이 힘든 정원일을 하는 데 대한 보상으로" 시를 낭송해달라고 부탁했다.

그들은 자주 포도넝쿨이 무성하게 자란 담장의 그늘 밑에 앉아서 차를 마시며 두런두런 이야기를 나눴다. 온갖 것에 대해 이야기를 주고받았다. 두 사람 사이에 화제가 고갈되는 일은 절대 없었다. 해가 떨어지면 그들은 오두막으로 되돌아가 서재 구석에 놓인 소파에 나란히 앉아 함께 책을 읽으면서 시간을 보냈다. 가끔은 의자 두 개를 창가로 끌어다놓고 창문을 열고 아무 말 없이 석양에 물드는 정원을 내다보았다. 꽃들이 시시각각 더 짙어지는 잿빛 노을에 저항하며 제 색깔들을 뽐내다가, 마침내 검정색으로 변해버린 교회의 창문처럼 서서히 죽음의 색깔로 물들어갔다.

종종 그들은 죽음에 대해서도 이야기를 나눴다. 어떤 때는 말짱한 정신으로 진지하게, 또 어떤 때는 지나가는 말처럼 가볍게…… 틸만은 너무 많은 감정을 싣지 않으려 애쓰며 조만간 떠나게 될 여행 이야기를 하듯이 그렇게 죽음을 언급했다. 그 여행의 유일한 특징은 아주 오랫동안 계속될 여행이라는 점이었다.

"난 가끔 나 자신한테 이렇게 물어봐." 언젠가 틸만이 말했다. "내가 이 세상을 떠나게 되면 과연 나한테서 남아 있는 게 뭘까?"

니나가 조롱하듯 고개를 흔들었다.

"내 사랑, 그 질문은 그다지 독창적이지 않다는 거 알지?"

"알고말고. 하지만 문득문득 그 생각이 내 머리를 스치는 걸."

"뭐, 질문은 독창적이지 않아도 대답은 독창적일 수 있지."

"그럼 너한테 대답할 기회를 넘길게."

니나가 눈을 감으며 얕은 신음소리를 내뱉었다.

"그건 정말 슬픈 질문이야."

"슬프지만 동시에 위로가 되기도 해. 만약 남아 있는 게 너라면 나를 기억하는 누군가가 존재한다는 뜻이니까. 그건 아주 다정한 위로가 되지."

"그거라면 나를 믿어도 돼."

"또 하나 위로가 되는 게 있어. 네가 나의 일부라는 사실이야. 안 그래?"

"맞아. 나는 너의 일부야."

"나의 일부가 이 세상에 남아 있다면 나는 완전히 사라지는 건 아니잖아."

밤이 깊었다. 그들은 전등을 끄고 틸만의 침대에 누웠다. 창밖에서 바람이 몹시 세차게 불었다. 가을이 다가오고 있음을 알리는 전령사였다. 오두막 주위를 떠돌면서 어디 뚫고 들어갈 틈새가 없나 찾는지 제법 바람소리가 거셌다. 가끔 어디선가 널빤지가 덜커덩거리는 소리가 들렸다. 니나는 틸만의 손을 붙잡고 손가락을 쓰다듬었다. 틸만은 감각은 거의 느낄 수 없었으나 그 모습을 쳐다보는 것만으로도 충분했다.

"나한테서 남아 있는 게 그리 많지는 않을 거야." 틸만이 말을 이었다. "신문기사들을 철해놓은 스크랩북들, 꽤 많은 거인 인형들, 거인 재떨이들…… 그밖에 이런저런 예배용 성물들……."

"이탈리아 조각가가 만든 네 조각상도 있잖아. 얼마 전에 읽은 기사에 의하면, 그게 우리 시대의 가장 훌륭한 조각상들 중 하나라고 하던데."

"그런 게 세상에 남아 있는 걸 좋아해야 할지 잘 모르겠어."

"내 생각에는 그걸 여행길에 가져가지 않는 건 나쁘지 않아."

틸만이 미소를 지었다. 죽음에 관해 이야기를 할 때도 니나는 서슴없이 핵심을 건드렸다. 시종일관 유지되는 가벼운 말투와 감정에 휘둘리지 않는 강인한 의지는 틸만이 느끼는 그녀의 사랑스런 모습들이었다. 니나는 아무리 힘든 말이라도 우아하게 반어적으로 표현할 수 있는 재능이 있었다. 그래서 작별의 고통까지도 그녀는 장난치듯 가벼운 말투로 슬쩍 넘겨버렸다.

"우리가 사는 이 행성은 그리 친절한 곳은 아니야." 틸만이 말했다. "지금까지 살아오면서 나는 여러 번 그걸 확인했어. 하지만 너를 만나서 이곳은 나한테 친절한 곳이 될 수 있었어."

"네가 사라지고 나면 이 행성은 다시 친절하지 않은 곳이 될 거야."

"꼭 그렇지는 않아. 물론 처음에는 그렇게 느껴질 수 있어. 하지만 시간이 흐르면 조금씩 괜찮아질 거야."

니나가 고개를 들고 약간 원망하는 눈빛으로 틸만을 올려다보았다.

"나한테서 어떤 반응을 기대하고 그렇게 말하는 거야?"

틸만이 흉하게 생긴 자신의 손가락으로, 자칫 실수로 떨어뜨리기라도 하면 깨어질 수도 있는 귀한 보물을 다루는 것처럼 아주 조심스럽게 니나의 손을 들어 올려 입을 맞췄다.

"니나, 너는 정말 아주 오래오래 이 친절하고 또 친절하지 않은 행성에 머물러야 해. 네가 정상적인 사람들한테 별로 호감을 못 느낀다는 거 알아. 나 역시 살아오는 동안 그런 사람들한테 고개를 절레절레 흔들 때가 많았어. 그럼에도 불구하고 이 말은 꼭 해야겠어. 거인이 아닌 사람들 중에도 네가 좋아할 만한 사람이 분명히 있을 거라는 말…… 그것도 떠나는 내 마음에 위로가 되는 것들 중 하나야."

"틸만, 나를 꼭 껴안아줘."

어두운 방 안에서 눈을 꼭 감고 있으니 니나의 거친 숨소리가 들렸다. 여태 한 번도 들어본 적이 없는 소리였다. 울고 있는 게 분명했다. 눈을 그대로 감은 채 틸만은 차분하게 미소를 지으면서 니나를 더욱 자신의 품으로 꼭 끌어안았다.

거인

초판 1쇄 발행 2016년 7월 25일
초판 2쇄 발행 2017년 5월 2일

지은이 스테판 아우스 뎀 지펜
옮긴이 강명순
책임편집 강희재
디자인 주수현

펴낸곳 바다출판사
발행인 김인호
주소 서울시 마포구 어울마당로5길 17 5층(서교동)
전화 322-3885(편집), 322-3575(마케팅)
팩스 322-3858
E-mail badabooks@daum.net
홈페이지 www.badabooks.co.kr
출판등록일 1996년 5월 8일
등록번호 제10-1288호

ISBN 978-89-5561-853-2 03800